A Conjura

A Conjura

Romance

José Eduardo Agualusa

GRYPHUS

© José Eduardo Agualusa, 1989
"by arrangement with Literarische Agentur Mertin Inh. Nicole Witt e.K.,
Frankfurt am Main, Germany".

Coordenação Editorial
Gisela Zincone

Revisão
Gilson B. Soares

Editoração Eletrônica
Rejane Megale Figueiredo

Capa
Mariana Newlands

Foto do autor
Nuno Beja
Agradecimentos à Revista Sábado

CIP-Brasil. Catalogação-na-fonte.
Sindicato Nacional dos Editores de Livros, RJ.
. . . .

A224c

Agualusa, José Eduardo, 1960-
    A conjura: romance / José Eduardo Agualusa. - Rio de Janeiro:
Gryphus, 2009.
    (Coleção Identidades ; 16)

    ISBN 978-85-60610-22-8

    1. Romance angolano. I. Título. II. Série.

09-3908.	CDD: 869.8996733
	CDU: 821.134.3(673)-3
05.08.09 07.08.09	014218

. . . .

GRYPHUS
www.gryphus.com.br – *e-mail:* gryphus@gryphus.com.br
Rua Major Rubens Vaz, 456 – Gávea – 22470-070
Rio de Janeiro – RJ – Tel.: (0XX21) 2533-2508

Em memória de Pedro da Paixão Franco.

CAPÍTULO PRIMERO

CAPÍTULO PRIMEIRO

Aqui se conta da chegada de Jerónimo Caninguili, moço benguelense, à velha cidade de São Paulo da Assunção de Luanda. E de como, enquanto Caninguili dava os últimos retoques à sua Loja de Barbeiro e Pomadas, dita ainda Fraternidade, a menina Alice soltava os pássaros do falecido pai.

Conta-se também da confusa rixa que pelos finais de 1881 teve por pretexto as eleições para a câmara municipal, e dos sucessos que levaram um rico agricultor de Malange a mandar assar uma escrava para a servir aos cães.

Pelo meio fica a primeira revolta dos Humbes e o início da Conferência de Berlim.

Finalmente, dá-se conta do passamento de Arantes Braga, jornalista de incendiado verbo, socialista e independentista, o qual abandona esta estória no término do presente capítulo, isto é, a 17 de novembro de 1885, montado (assim o viu a mucama Josephine) em seu próprio caixão.

"*Luanda é boa: não vem cuco que se não transforme em andua.*"
provérbio luandense

"*[...]*
E vi, sonho sublime! – em célico clarão!
ressurgir Angola em meio da escuridão!...

Oh! Fontes, ao clarão de uma aurora virginal,
vi realizar-se o teu íntimo ideal!

Vi então Angola das vascas d'agonia
erguer-se esplendorosa à luz de um novo dia.

Reinava a harmonia; o sol da igualdade
já de luz inundava a livre humanidade.

E que belo deve ser para o peito angolano
ver vingar o Direito e a queda do tirano?

Tudo isto antevia no sonho fabuloso
envolto num clarão, etéreo, luminoso.

Porém quando acordei a negra realidade
mostrou-se bem crua: nula era a igualdade
utopia o Direito e zero a Liberdade! [...]"

L. do Carmo Ferreira, 1902

1

Difícil dizer quando tudo começou. Mas tudo começou, é claro, muito antes desse dia 16 de junho de 1911. Vavó Uála das Ingombotas diria que tudo começou no princípio dos tempos e que desde o princípio estava previsto que seria assim. Os acontecimentos se amarrariam uns aos outros – uns puxando os outros – através do confuso turbilhão das noites e dos dias. Infalivelmente, irremediavelmente, tudo haveria de desaguar naquela tarde vertiginosa e absurda.

É preciso, contudo, marcar data menos remota. Para o humilde autor deste relato, os casos tiveram o seu berço foi mesmo nesse esquecido ano de 1880, quando da chegada a Luanda de um moço benguelense, de sua graça Jerónimo Caninguili.

Vamos pois começar deste princípio.

2

Muitos houve que estranharam aquele nome de Fraternidade posto por Caninguili à sua loja de barbeiro. Alguns reprovaram-no abertamente, e entre estes não só os realistas mas mesmo certos republicanos a quem assustava o atrevimento desse moço, negro e pequenino, ainda agora chegado à capital e já afrontando as regras, atraindo os desamores da autoridade.

Outros teve que acharam graça, aprovaram com ruído a ousadia; logo se fizeram clientes e amigos certos. A simplicidade do barbeiro, a sua candura e alegria, depressa cativaram, contudo, mesmo os mais recalcitrantes, e assim é que, quatro meses após a sua chegada, já a Loja de Barbeiro e Pomadas Fraternidade se havia transformado num pequeno clube de ideias.

Fisicamente Caninguili devia poucas graças ao Criador. Ezequiel gostava de se referir a ele chamando-o de "o nosso sapinho capenga"; e assim resumia a feiura do designado, o seu escasso 1,60 m e o fato de mancar da perna esquerda. Quando falava, porém, com aquele seu jeito manso de acariciar as palavras, operava-se em Caninguili uma transformação sensível e tudo seria nessa altura, menos certamente um sapo. Capenga! Razão por que, fatigado já da velha pilhéria, Alfredo Trony reprendera certa vez Ezequiel observando-lhe que sempre houvera no mundo príncipes disfarçados de sapos e sapos disfarçados de príncipes:

– É no falar que se revelam os príncipes e no coaxar que os sapos se denunciam – dissera Trony, para logo acrescentar –, pelo que ao meu amigo lhe aconselho a mais severa abstinência verbal. Não abra a boca que não seja para engolir as moscas.

3

Durante toda a tarde de sexta-feira (na quarta Caninguili inugurara a sua loja) andou Alice atrás de *Manaus* repetindo-lhe a mesma repetida ladainha, a mesma palavra tantas vezes repetida:

— Fraternidade, *Manaus*, diz fraternidade, diz comigo fra-ter-ni-da-de, fraternidade.

Nada! *Manaus* tinha as suas teimas. E não sendo embora pelo rei (e nem pela grei) desgostava o palavrão. De resto, e nisso era igual a todos os papagaios, e também a todos os meninos, preferia os termos chulos, os vocábulos sujos e obscenos. Como as grosserias que o Velho Gama sempre estava a gritar, fosse em português, fosse em quimbundu, ou fosse mesmo em qualquer barbarismo do interior, que o ngueta[1] era homem viajado! Palavrões assim *Manaus* amava repetir. E com tal talento imitava o gritar do velho que, quando este ainda era carne e sangue deste mundo, acontecia Alice ralhar ao papagaio crendo assim estar a falar com o pai. E não só ela mas também muitos passantes e amigos que do largo quintalão ouviam o disparatar do bicho e logo respondiam zombando:

— Que é isso, sôr Gama? Correm-lhe mal os negócios ou são negócios de cama?

Morto o velho, mesmo assim logrou *Manaus* complicar as pessoas. Foi o caso que, na vigília do corpo, ia profunda a noite e apenas um pequeno grupo resistia ainda, trocando entre si ditos e anedotas e jogando às

---

1   Branco.

cartas, quando de repente se levantou na sala um fraco piar e logo depois se ouviu o rouquejar inequívoco do Velho Gama, protestando contra a Santa Madre Igreja e a puta da vida. Foi o pânico na sala grave; enlutada e grave. O pânico, a desordem, o despertar súbito das carcomidas carpideiras: nga Mbunda rasgou de aflição a sua bofeta[2] e em seguida os panos de dentro, desnudando as mamas gordas. Dona Féfa, aliás a senhora Josefa da Purificação Ferreira, agarrou-se ao marido gritando em quimbundu (pormenor importante e depois muito troçado, revisto, comentado e acrescentado, ou não fosse a quitandeira conhecida por apenas discorrer em puro português do puto[3], de todo em todo desprezando a língua dos seus mais velhos, língua de cães, dizia), gritando, pois, que era o mundo que acabava e os mortos estavam despertando do seu sono para comer os vivos.

 Esta confusão quem resolveu mesmo foi o Carmo Ferreira, cujo, separando-se a custo da chorosa esposa, se acercou do defunto e, vibrando-lhe duas puxadíssimas chapadas, pretendeu assim devolvê-lo ao mundo das sombras. Na mesma altura saltou *Manaus* de dentro do féretro e só então, compreendendo o acontecido e a injustiça do seu ato, Carmo Ferreira começou a perseguir o papagaio tentando havê-lo às mãos. *Manaus* salvou-se de um linchamento sumário graças à sua agilidade e ao fato de, como os anjos, também ele ter asas: trepando até ao teto, esgueirou-se por uma janela aberta e desapareceu na noite. Alicinha encontrou-o no dia seguinte, depois do

---

2 Anágua.
3 Portugal.

enterro e do furtivo combaritóquê[4], escondido entre as folhas da grande mangueira do quintal e ainda tremendo de medo. Mas mal a viu, o ordinário, logo se esganiçou com a voz do morto:

– Tuji, tuji, oh porra! Sundu ya mama ena![5]

4

Vinha isto a propósito do nome que Caninguili deu à sua loja, e de tal nome haver agradado a Alicinha mas não a *Manaus*, papagaio malcriado e conflituoso.

Este *Manaus* era, apesar de toda a sua má criação, ou talvez por causa dela, a ave preferida do Velho Gama. E isto de entre toda a sua celebrada coleção de pássaros; que os tinha de muitas espécies, e coloridas formas e diversos gorjeares. Em seu armazém, no cruzamento da Rua da Alfândega com a de Salvador Correia, empilhavam-se as gaiolas – em equilíbrio precaríssimo e ruidoso. Havia de tudo: pírulas, seripipis, benguelinhas, viúvas, maracachões, bicos-de-lacre; até mesmo um gungo, perigoso e solitário em sua gaiola de ferro, afrontando com o bico forte as grades duras.

Alicinha movia-se entre as pilhas de gaiolas gorjeantes com alada leveza e fosse por se saberem dependentes dela (o Velho Gama não tinha paciência para tratar dos pássaros), fosse por lhe haverem descoberto um oculto

---

4 Cerimônia de varrer as cinzas.
5 Merda, merda, oh porra! Cona da mãe!

sentimento de solidariedade, fosse, mais possivelmente, porque a moça tinha, ela própria, uma natureza de ave, o certo era que em chegando Alice logo toda aquela estrutura se levantava saudando-a numa grande confusão de cantos e xuaxualhar[6] de asas. E era um espetáculo bonito de se ver.

Criada por uma velha ama, e depois quase ao deusdará, Alice fora sempre uma criança um pouco estranha, ora alegre e até faladeira, ora bruscamente silenciosa, de um silêncio inquieto, o mesmo silêncio que antecede as emboscadas. Os outros meninos, não a compreendendo (na realidade tinham-lhe um certo medo), teciam à volta dela estórias cruéis. E afastavam-na dos seus jogos e folguedos.

Alice cresceu assim conversando mais com os bichos e com as coisas do que propriamente com as pessoas. Cresceu porém saudável (que é como quem diz formosa), e aos 16 anos o seu corpo tinha já todo o perfume e encanto de um corpo escorreito de mulher.

5

Após o combaritóquê do Velho Gama (furtivo e triste pois que expressamente proibido por um sobrinho deste, vindo da metrópole para a partilha dos bens), aguardou Alice uma semana e então, quando se convenceu de que o espírito do pai estaria já demasiado longe para se preocupar com o sucedido, abriu as portas de todas as gaiolas

---

[6] Farfalhar.

e soltou os pássaros. Foi isto pelas duas horas da manhã do dia 26 de janeiro de 1881, toda a cidade de São Paulo de Luanda estava já dormindo. Ou quase toda. Jerónimo Caninguili, por exemplo, ainda permanecia acordado, dando os retoques finais à sua loja de barbeiro. Tinha acabado de arrumar num comprido móvel – construído segundo as suas indicações na marcenaria de Joaquim Marimont – uma porção de frascos e frasquinhos, quando de súbito lhe pareceu ouvir um revoar de asas, um abafado estilhaçar de gritos e de cantos. Abriu a porta e esticou o pescoço, tentando furar com os olhos a escuridão da noite. O ruído vinha do fundo da Salvador Correia, mas era impossível divisar o que quer que fosse. Defronte à sua porta um candeeiro a acetileno derramava-se num estreito charco de luz amarela; cem metros à frente, outro charco perdia-se na noite. Entre este e aquele apenas um negrume espesso, opressivo, impenetrável.

Perplexo, o moço recolheu-se para dentro e fechou a porta. Depois sorriu-se lembrando as últimas palavras do seu mestre, o velho Acácio Pestana: "Tem cuidado, meu rapaz", lhe dissera agitando o dedo magro, "Luanda tem coisas; coisas que desconhecemos; coisas que às vezes são perigosas."

Riu-se francamente. Ora, por certo não era àquilo que o velho se referia. Acácio só falava de política. Mesmo os espíritos, as miondonas, os calundus, quiandas, chinguilamentos[7], o que fosse, tudo ele reduzia a trama política; em tudo via a mão opressora dos padres,

---

7 Incorporação de espíritos.

o rabo de fora das maquinações burguesas. Anarquista, ensinara-lhe o beabá por gastos volumes de Proudhon e Kropotkine. Na época ainda um miúdo dos seus 11 anos, Caninguili nada compreendia do que estava a ler. Contudo, o fervor quase religioso que Acácio punha nas palavras lidas, a lenta gravidade com que repetia as grandes sentenças libertárias e, principalmente, a sensação de que aquelas eram ideias proibidas, tudo isso contribuía para fazer daqueles momentos, momentos mágicos e inesquecíveis.

O que sabia do seu mister de barbeiro fora também Acácio quem lhe ensinara. E mesmo quando, na ânsia de conhecer outras terras e outras gentes, se decidira a partir para a capital, ainda dessa vez lhe valera a generosidade do velho anarquista. Acácio logo adiantara o capital necessário para abrir a loja e, escondendo a tristeza de o ver partir, havia sido quem mais o apoiara e quem mais coragem lhe dera. Passou-lhe cartas de recomendação dirigidas a diversos amigos e conhecidos, insistindo particularmente nos nomes de Arantes Braga, "uma das mais brilhantes estrelas do firmamento intelectual de Luanda", e de Jacinto do Carmo Ferreira, seu parceiro de muitas caçadas famosas.

Arantes Braga mostrara-se solícito e amigo. Quisera logo saber como ia o cidadão Acácio Pestana, "esse português de coração angolense"; oferecera os seus préstimos e os seus conselhos mas, sempre muito ocupado, ficara por aí.

Carmo Ferreira fizera mais do que isso: percorrera com ele a parte baixa da cidade procurando um local aprazível para montar a loja. Forçara-o a instalar-se em sua casa durante as primeiras semanas e, porque amigo do meu amigo meu amigo é, aconselhara tabernas e prostíbulos, dissera-lhe das moças mais audazes e dos sabores e saberes de cada uma.

Dona Féfa é que se pusera retraída, desaprovando com amuados muxoxos a amizade do marido por um benguelinha sem eira nem beira, para mais preto retinto, preto macala[8]. E foi quando Carmo Ferreira sugeriu o nome do barbeiro para padrinho da pequena Carlota que a quitandeira disparatou de todo, armando o primeiro grande pé de vento da sua curta vida de nga muhatu[9].

E o último.

Com efeito desconhecia ela que, nesse exato momento, andava o comerciante embeiçado por certa moça do Bengo, menina de pouca idade mas de muitas seduções. Não fosse isto (a paixão é nzua[10] embriagante e doce), talvez Carmo Ferreira se tivesse limitado a surrar a negra. Assim pegou nela e devolveu-a à mãe, a velha Xica da Ilha, com a recomendação de que lhe cortasse a língua. Comprometeu-se porém a pagar mensalmente vinte mil réis para o sustento das crianças e nisso nunca faltou.

6

Dos primeiros clientes de Caninguili, uns, já o disse, vieram atraídos pelo nome da loja e outros pelos bons

---

8 Carvão.
9 Mulher casada.
10 Hidromel.

modos do moço. De entre estes últimos nem todos se inclinavam, depreenda-se, para as cores republicanas. Quatro ou cinco defendiam vagamente a coroa e pelo menos dois assumiam-se como monárquicos furiosos: o caçador Afonso, antigo condenado já há muitos anos residente na colônia, e o cafuso Ezequiel de Sousa, proprietário de um negócio de águas.

No grupo republicano distinguiam-se as figuras indefectíveis de Carmo Ferreira e do jovem dândi Adolfo Vieira Dias; de quando em vez, aparecia também o Dr. Alfredo Trony ou o próspero Marimont; ainda mais escassamente Arantes Braga.

Aconteceu assim que a loja de Caninguili se foi em poucos meses transformando num pequeno clube de ideias que, principalmente pelo entardecer – à hora em que Arcénio de Carpo voltava do seu passeio pela praia e se encerravam as repartições públicas e os escritórios comerciais –, se animava com calorosos debates, vivíssimas discussões. Os temas iam desde as costumeiras questões políticas e comerciais até às artes e literaturas, passando ainda pelo desfiar dos últimos rumores mundanos, sempre bem agindungados[11] e saborosos.

Foi Vieira Dias quem numa tarde poeirenta de agosto trouxe a notícia da candidatura de Inocêncio Mattoso da Câmara à presidência do Município de Luanda. Em si mesma não era tal notícia inusitada. Primeiro porque Mattoso da Câmara nunca fizera segredo das suas ambições; depois a ocasião apresentava-se propícia, com

---

11 Apimentados.

os realistas enfraquecidos por divisões internas, e muita gente levando até Ambaca abraços generosos, generosas promessas de apoio.

Entre os angolenses, os mulatos Mamede de Sant'Anna e Palma e José de Fontes Pereira encabeçavam a lista de tais apoios, contribuindo com o seu nome respeitado para tornar consistentes as pretensões do conservador de Ambaca. Vieira Dias recolhera aliás a notícia da boca circunspecta do próprio Fontes Pereira, que mais lhe dissera estarem as eleições previstas para o próximo mês de novembro, dias 27, 28 e 29, respectivamente uma sexta-feira, um sábado e um domingo. Também lhe contara da ideia de Mattoso em criar um jornal, *O Echo de Angola*, sendo que para o efeito Alfredo Trony lhe tinha já garantido a cedência da sua tipografia.

Mas, se bem que esperada, a candidatura de Mattoso da Câmara trouxe um fogo novo às tardes de Luanda e foi proveitosa para o feliz Caninguili que, graças a isso, teve durante os meses seguintes a casa sempre cheia, fregueses novos entrando com o pretexto dos calos ou da barba, os habituais sem pretexto nenhum, apenas para ouvirem as makas[12], dizerem de sua opinião.

O primeiro número do *Echo* fez o seu sucesso. Vinha cheio de grandes ideias, falando muito em liberdade, na voz do povo, no luminoso futuro das gentes da colônia. E também criticando muito: insurgindo-se contra a ineficácia da câmara, o criminoso abandono a que a metrópole havia votado Angola.

---

12 Conversas.

7

À medida que se começou a aproximar novembro, e depois o final de novembro, as conversas foram-se tornando cada vez mais quentes e os ânimos mais exaltados, obrigando por vezes o barbeiro a intervir, sempre respeitoso e conciliador, nunca tomando partido nos casos. Exceto da vez em que Ezequiel chegou dizendo alto e rindo muito que Mattoso queria ser camarista era só para poder recuperar os antigos escravos:

– Mattoso chega à câmara, pede o apoio do governador geral e kuáta[13] os pretos para lhe trabalharem a fazenda. Toda a gente sabe que com a abolição da escravatura esse ambaquista quase faliu, não houve monangamba que lhe aguentasse os maus tratos, fugiram todos!

E com os olhinhos fechados de gozo, virando-se para Vieira Dias:

– Pois, que os princípios não enchem barriga. Tanto vocês gritaram contra a escravatura e agora querem é voltar atrás...

Vieira Dias não era homem de se deixar envolver em discussões perigosas. Da sua cadeira, junto à porta, mergulhou mais os olhos na leitura do *Jornal de Luanda* e fingiu não ter ouvido a bravata. Caninguili, porém, sentindo-se ele próprio afrontado e não conseguindo conter-se, replicou que o que estava em causa não era o zelo antiescravista do senhor Mattoso:

---

13   Agarra.

– O senhor Mattoso não será certamente um homem de impoluto passado. Mas numa terra como a nossa só remexe no passado dos outros quem gosta de sujar as mãos. O que está em causa é aquilo que para nós, angolenses, pode significar a eleição de Mattoso da Câmara. Afinal ele é um filho do país; conhece a terra melhor do que aqueles que vieram de fora.

Ezequiel abespinhou-se:

– Lá me vêm os senhores com essa conversa. Somos todos portugueses, ouviu? Portugueses de Angola ou portugueses do reino é tudo a mesma coisa. E, de resto, o senhor também veio de fora...

Esta última frase foi interrompida por um martelado bater de palmas. O barbeiro, que já se havia arrependido de ter aberto a boca, voltou-se e viu à porta a larga figura de Arantes Braga, um enorme sorriso de troça preso aos lábios grossos.

– Falou o rei! – Arantes Braga ria agora abertamente – e diga-me lá o distinto lusitanófilo de que nos vale a nós a lusitanidade? De que nos vale a nós sermos iguais a um povo miserável, analfabeto e bruto? E que nos pretende civilizar enviando-nos o pior lixo das suas sarjetas sociais: os seus ladrões, assassinos e prostitutas?

Arantes Braga era sempre assim. Redundante, provocador, de verbo fácil e excessivo. Onde quer que chegasse era vê-lo a atear incêndios, a desatar os ventos, a encapelar os mares...

– Puta que o pariu! – o velho Afonso erguia o dedo apoplético. – Se não fôssemos nós, ainda vocês andavam de tanga, a devorarem-se uns aos outros. A fazerem porcarias.

E avançava contra Braga na evidente intenção de se medir com ele. Caninguili pôs-se de permeio, pediu calma, agarrou Afonso pelos ombros. Vieira Dias tentava puxar Braga para fora do salão.

Por fim lá conseguiram acalmar Afonso, que acabou por ir embora resmungando contra a ingratidão desses pretos.

– Demos-lhes tudo – dizia, afivelando o chapéu colonial –, ensinamo-los a ler, a vestir, a calçar, para quê? Para se virarem agora contra nós!

E tendo subido em sua machila[14] ainda berrou para trás, como quem cospe, os seus sujos quimbundus de branco matoense.

– Bu uadila, kunene-bu[15]!

8

Até que chegou o esperado dia, sexta-feira, 27 de novembro.

Caninguili nunca mais esqueceu essa manhã, pois que o despertou uma grande algazarra, e tendo assomado à janela viu que a rua estava cheia de negros, muitos deles armados de catanas e cacetes. O seu primeiro pensamento foi que seriam os libolos a entrar na cidade (na tarde do dia anterior um viajante viera do leste trazendo a notícia de mais uma revolta), depois pensou que fosse

---

14 Tipoia.
15 Onde comes não cagues.

uma caravana de escravos; por fim percebeu que entre os pretos andavam serviçais do major Catela, e às tantas pôde mesmo divisar o corpo enorme do degredado Raposo, sobressaindo de entre a massa ululante como um gigantesco imbondeiro, uma garrafa em uma das mãos, na outra um grosso cavalo marinho.

Um tanto sobressaltado, barbeou-se à pressa, vestiu o seu melhor terno e, de cartola e bengala, saiu para a rua e encaminhou-se para os Paços do Conselho.

No caminho encontrou Vieira Dias, acompanhado do seu velho pai e de uma irmã, moça esbeltíssima trajando à europeia, um grande guarda-sol cor-de-rosa ocultando-lhe o rostinho escuro. Adolfo fez a apresentação: Judite, Jerónimo, Jerónimo, Judite. O pai já Caninguili conhecia. Seguiram juntos, Adolfo muito direito, com um grande laço a apertar-lhe o colarinho, chapéu alto e luvas brancas, tentando aparentar uma calma que estava longe de sentir.

O edifício dos Paços do Conselho avistava-se à distância, solidamente levantado numa pequena colina, quadrado e poderoso, com o seu característico pórtico grego, e uma súbita torre pentagonal a irromper dos pátios interiores.

Preocupado com o que pudesse acontecer, o velho Vieira Dias pediu licença para acompanhar Judite até a residência dos Marimont, ali próximo, e deixou os dois amigos junto às escadarias dos Paços do Conselho.

No interior, a confusão era enorme. O cônego Luís António, que juntamente com o Resende, o regedor Matheus Vieira Dias e o pároco dos Remédios, constituía a mesa, declarava em altos gritos não conhecer os seus paroquianos e que por isso necessitava de dois adjuntos, indivíduos de sua inteira confiança. Dizia isto por entre os risos e apupos do grupo de Mattoso da Câmara, reunido num canto da sala, em torno ao seu chefe que, de grossa bengala bem fincada no chão, contrastava do conjunto pela severidade da postura. Chamaram então para a mesa Marcelino das Necessidades Castelo Branco, o que provocou nova onda de apupos, logo transformada em monumental pateada com a escolha do elemento seguinte, desta vez o alferes Lusignan, em flagrante agressão ao decreto de 1852 do Código do Processo Penal, que expressamente proibia a nomeação de militares para funções daquela natureza. Manuel Ignácio de Resende batia com os punhos na mesa exigindo silêncio. Como ninguém lhe obedecesse, o velho abutre encolheu os ombros magros, segredou qualquer coisa para o Castelo Branco, ao seu lado direito, e decidiu-se a começar a chamada. Fez-se então uma certa acalmia e os indivíduos citados começaram a formar em fila, de lista na mão, aguardando a vez de a depositar na urna. Mas eis que logo surge o primeiro problema quando ao nome de José Moreira responde um mulato gordo e baixinho e Mamede de Sant'Anna e Palma interrompe bradando que aquele não era o Moreira:

– É falso! É falso! O Moreira está em casa tolhido de febres...

E, dizendo isto, faz menção de avançar em direção ao falso Moreira, o que não consegue, pois, antes de dar dois passos já tem diante de si toda uma montanha de carne, alguém grita dá-lhe Raposão e o Raposão dá. Palma recebe a pancada no ombro, gira como um pião e

estatela-se contra a urna gemendo ai que me mataram, ai que me mataram!
Num instante a confusão tomou conta da sala. Viam-se cavalheiros de bengala erguida sovando-se com assassina persistência. Havia cartolas e bengalas pelo ar numa excitação de carnaval guerreiro.

9

Nessa mesma tarde a barbearia encheu-se de gente. As eleições eram o tema de todas as conversas. Cada um tinha uma estória diferente; estória em que ele próprio era o herói. Mesmo Vieira Dias, a quem as más línguas afirmavam ter visto fugir no começo da refrega, exibia com orgulho um punho contundido. Alguém contava ter surpreendido Castelo Branco a pôr dentro da urna listas às mãos cheias.

Carmo Ferreira exultava:

– Um escândalo! Um escândalo! Ora sim senhor, que rico escândalo!

Havia quem duvidasse de que as eleições pudessem prosseguir. Outro dizia que se preparava a prisão do Mattoso da Câmara; um terceiro afirmava estar um navio da armada pronto para intervir, caso se verificasse a vitória da oposição.

Era quase meia-noite quando a loja se começou a esvaziar. Carmo Ferreira propunha que se continuasse a conversa nas Ingombotas, em casa da vovó Chica, onde sempre se podia jogar um inocente bacarazinho, uma partida de *bluff*. Vieira Dias preferia ir beber uma cerveja ao pavilhão do Café Paris. Estava de olho numa certa morena:

– Menino, que mulher soberba!

E dizia isto para o gordo Marimont, piscando o olho. O outro, dando-lhe pancadinhas no ombro, gargalhava:

– Sempre igual, o nosso D. Juan, sempre igual. E tomando-lhe o braço:

– Pois vou consigo. Já me cansam estes senhores políticos. E eu o que preciso é de me distrair...

10

Os rumores acusando Castelo Branco de ter colocado na urna listas às mãos cheias verificaram-se no outro dia serem exagerados mas não de todo destituídos de fundamento. Na verdade, feitas as contas, concluiu-se existirem três listas a mais. Mattoso da Câmara pediu a palavra, protestou, afirmou ter desaparecido a confiança na legalidade das descargas. Ignácio de Resende atirou para ele os olhinhos brilhantes de ave de rapina, perguntou-lhe o que pretendia, se queria cancelar as eleições; Mattoso gaguejou, recuou, recusou. A sala estava em ordem quando se começou a chamada. Porém, surpresa geral, o primeiro nome a ser chamado foi novamente o de José Moreira e por ele respondeu o mesmo sujeito do dia anterior, mais timidamente, de voz sumida. Resende tomou-lhe a lista e tentou à força depositá-la na urna. Mateus Vieira Dias impediu-o e no mesmo segundo estava a sala toda levantada, havia de novo bengalas e cadeiras pelo ar. Militares irromperam vindos sabe-se lá de onde; o major Catela do Vale, vermelho como um bago de gindungo[16], comandava em altos berros a porrada da sua soldadaria. Soco a soco o pandemônio acalmou-se, separaram-se os últimos pelejantes, os cavalheiros apanharam do chão os restos das cartolas, compuseram as casacas e as expressões.

Catela do Vale plantou-se então em frente da mesa e recomeçou ele a fazer a chamada, e recebendo as listas as foi depositando rapidamente dentro da urna. Mattoso da Câmara, pasmado, indagou o porquê de tal procedimento e, com a sua, ergueram-se outras vozes. O aspirante Teixeira da Silva, de cabeça perdida, insultou o Resende, ao que o outro respondeu ordenando a prisão do aspirante. Domingos Suzano protestou contra tal arbítrio, "que mancha a dignidade do alto cargo que vossa excelência ocupa", e foi igualmente preso.

Mattoso da Câmara estava de tal forma estuporado que não reagiu, e foi José de Fontes Pereira quem tomou o comando dos acontecimentos, rogando aos cavalheiros presentes para abandonarem a sala:

– Ficar aqui – disse Fontes Pereira – é colaborar numa indignidade, numa ilegalidade, numa vergonhosa afronta aos homens de bem.

E, tendo dito isto, dirigiu-se para a porta, no que foi logo seguido de muita gente.

No exterior, porém, as coisas complicaram-se. Embora protegidos pelos homens de Mattoso da Câmara – que tinha à sua conta para cima de 200 muxiluandas[17] –, foram imediatamente rodeados por uma multidão de

---

16 Tipo de pimenta malagueta.
17 Habitantes da Ilha de Luanda.

negros, ululante e movediça, gritando vivas ao senhor José Baptista de Oliveira e morras ao senhor Mattoso. Eram uma massa escura onde confusamente se misturavam carregadores de machila, com os seus compridos panos travados na cintura, andrajosos pretos das quibucas[18] e trabalhadores das obras – armados de machados, de pás e de fueiras –, todos embrutecidos pelo álcool, uivando e batendo palmas. Fontes Pereira garantia que alguém andara acirrando os negros contra eles e recordava a infâmia levantada por Ezequiel Sant'Anna e Palma fez notar que uma taberna havia sido improvisada a poucos metros dos Paços do Conselho, e era daí que irrompia aquela atordoada matilha, com as suas ameaças e desesperada gritaria.

Estavam nesta aflição, já alguns carregadores se defrontavam com os homens de Mattoso, quando ao vozear aterrador da populaça se sobrepôs, de repente, o tropel de cavalos e desembocou no largo um grupo de militares comandados pelo capitão Padrel: o rosto levantado contra o sol, um comprido sabre a rebrilhar na mão direita. E foi quanto bastou para lançar o pânico entre os agressores que desbarataram correndo pelas ruas.

11

— Votaram os carregadores de machila e os trabalhadores das obras, votaram os ausentes, votaram mesmo os mortos: depois que abandonamos a sala puseram na urna uma lista do Bexigas, que Deus o tenha em paz, e outra do

---

18 Caravanas.

Velho Gama, desgraçado, deve estar a disparatar dentro da cova, logo ele que tanto ódio tinha ao major Catela.

Carmo Ferreira dizia isto meio raivoso meio a gozar, enfiando os dedos gordos entre os fartos caracóis, a outra mão a agarrar a barriga, estava já a sentir que tinha comido demais.

– Credo – escandalizava-se dona Sensi –, que heresia! Fazer isso com os pobres mortos, coitadinhos, tantas ralações que tiveram em vida... e outras tantas que devem estar a passar no purgatoriozinho... só faltava agora esses malvados a se portarem assim.

E logo, esquecida do assunto, insistia com Carmo Ferreira para provar dos seus doces: doce de goiaba, doce de coco, doce de mamão.

Carmo Ferreira provava, aprovava; repetia, tripetia.

– Se nem os anjos resistem aos seus doces – cumprimentava, deitando os olhos para os olhos de Judite –, como hei de eu resistir que sou um velho diabo?

Era uma tarde esplêndida, e porque o tempo estivesse muito quente, haviam trazido a grande mesa para o centro do caramanchão, que uma espessa buganvília cobria de cor e de frescura. Num dos topos da mesa, o velho Vieira Dias cabeceava de sono. No outro, Adolfo e Severino de Souza, em mangas de camisa, discutiam baixo um complicado caso de saias.

Dona Sensi levantara-se, nas suas funções de senhora da casa, deixando Carmo Ferreira entretido a narrar inverossímeis aventuras de caça, que Judite e a pequena Clarinha escutavam com grandes risos e exclamações de espanto.

Adolfo e Severino haviam entretanto arrastado as cadeiras para um dos cantos do largo quintalão e, de perna traçada, fumavam lentos cigarros. Conheciam-se desde sempre; de fato tinham sido criados juntos, tinham repartido entre eles o leite da nga Uála. Eram, como dizia o mulato, irmãos de leite.

Severino gabava as muitas virtudes da mais recente mucama do seu pai:

– Uma moça dos nortes, baxicongo. Josephine de sua graça. O velho comprou-a por cinco garrafas de porto a um funante alemão. Adamada figura, já se vê! Uma menina daquelas vale bem todo o álcool do mundo. Que pernas, que mataco! E sendo ainda quase uma criança tem já todo um saber de experiência feito – Severino aqui declamava; e erguendo o copo num transporte de lirismo: – Ao pecado, Adolfo! Que não nos feneçam jamais as forças para as práticas divinas do amor.

Adolfo sorria-se do entusiasmo do amigo; da sua figura quixotesca: os magros gestos teatrais, a desgrenhada perinha de bode, os olhos brilhantes a quererem pular fora das órbitas.

– Amém! – disse. – Esse é um bom brinde.

Severino era o único filho homem de Pedro Saturnino de Souza, conhecido comerciante de Luanda onde, associado ao realista Ezequiel, seu primo, controlava um próspero negócio de mercadorias através do Quanza.

Femeeiro e perdulário, poeta nas horas vagas – que eram para ele todas as horas –, Severino gabava-se de ser o maior desgosto do seu velho pai:

– Quando tinha cinco anos, caí doente de hoxa[19] e o papá fez promessa à Senhora de Muxima em como se eu

---

19 Doença do sono.

escapasse nunca mais procuraria mulher. Agora o velho esgota a virilidade para descumprir o juramento mas é tudo desgraçadamente inútil. Fui muximado[20] pela dona, sagrou-me o corpo sua graça. E depois, cofiando a pera: – Sabes que os tubarões não dormem nunca? Pois eu depois que sarei aconteceu-me como aos tubarões: caí em perpétua vigília. Passo as noites a amar, a beber e a jogar porque outra coisa não posso fazer. O sono é uma imitação da morte e é a morte que dá sentido à vida. Por isso a minha vida não tem sentido nenhum! Vivo para esquecer que vivo; e para contrariar a vontade de meu pai. Não fosse isso e eu próprio lhe desamarraria a promessa...

    Dizia estas coisas terríveis e perturbantes como as diria um ator medíocre de uma qualquer agremiação de bairro: exagerando os gestos, aproximando o rosto agudo e pardacento do olhar aterrado dos seus ouvintes. Os pais de família tinham-no por pernicioso e desaconselhavam-no aos filhos, e muito em particular às jovens filhas, resultando daí ser ele muito popular entre a juventude. A sua presença era disputada em bailes e convívios onde todos o sabiam mágico tocador de ngaieta[21], bailarino sem igual.

    Por essa altura já o seu amplo repertório de ideias aberrantes incluía a tese dos mundos invisíveis, e tinha até iniciado a trabalhosa coleção de ofídios em que se ocuparia durante os 29 anos seguintes, até ao último minuto dos seus dias, até àquela envenenada tarde de 16 de junho de 1911. Não sabia, nunca chegaria a saber, que com a primei-

---

20 Mimado.
21 Harmônica.

ra serpente azul com que principiou a coleção estava dando início ao misterioso espetáculo da sua morte absurda.

12

Depois que se separou da nga Féfa, Carmo Ferreira pouco via os seus miúdos. Em parte por culpa própria, sempre muito ocupado com os trabalhos da loja, da política e das mulheres. Mas também nga Féfa, com as suas raivas, não lhe facilitava as coisas: sonegava-lhe as crianças, virava os candengues contra o próprio pai.

Ao comerciante doía sobretudo o modo como a quitandeira lhe estava educando os filhos. Com as suas manias de grandeza não os queria misturados com os miúdos da rua; trancava-os em casa, fazia deles tristes flores de estufa. César Augusto, aos nove anos de idade, era já um homenzinho grave e silencioso, sempre vestido de fraque negro, um laçarote branco, botins imaculadamente limpos. As outras crianças tinham-lhe posto a alcunha de Magombala, a hiena, em razão da sua furtiva figura, daquele seu jeito de sempre ficar rondando as brincadeiras dos outros sem coragem para entrar nelas, não fosse a mamã saber.

Carlota preocupava-o menos. Embora muito pequena, percebia-se já que lhe herdara o gênio: viva e travessa, fazia o que queria, misturava-se às rodas infantis, desafiava a mãe. Intimamente, o comerciante punha-se a fazer comparações; cotejava o seu miúdo com os outros e maldizia então nga Féfa e os seus preconceitos estúpidos, os seus cuidados excessivos. Por aquele andar, César Augusto acabaria se transformando numa boneca de salão; num sujeitinho efeminado e sem amigos. Na melhor das hipóteses num escriturário molumbado[22] de salamaleques, seguramente poeta lírico, já o via a desfiar trágicos sonetos às luas amarelecidas de setembro.

Ao Paixão Franco coubera-lhe diferente sorte: o miúdo Pedro tinha as matubas[23] no sítio! E tão novo ainda mas já a defender ideias (Deus, que ideias!), a argumentar com os mais velhos, a baçular[24] vertiginosamente os raciocínios contrários. Que luminoso destino lhe não estaria reservado?

Pensava em seguida na sua própria infância. Nascera no Sul, num penhasco sem nome, repleto de sol e de silêncio. E crescera dividido entre as navalhas erguidas das espinheiras bravias e as ásperas mãos da sua mãe assassina. Vira aos 11 anos o pai morrer de uma tosse ininterrupta. E depois uma irmãzinha. E depois a mãe: de febres, de cansaço, de solidão, de torpor e de renúncia. Fora então recolhido por um mulato benguelense, negociante em armas e cabeças de alcatrão, pombeiro de seu pai desde os tempos em que este arribara a Angola com as grilhetas de condenado, no mesmo vapor onde também vinha aquela que seria a sua mãe.

Não tivera portanto uma infância pacífica. Passara muita fome, passara muita merda. Mas sobrevivera a tudo: enrijara, porra! Ganhara marcas, ganhara calos! Aprendera que Angola era terra de muitas e variadas mortes; chão

---

22 De molumba, corcunda.
23 Testículos.
24 Driblar.

ruim para tímidos e para fracos. E por isso lhe preocupava esse seu filho, assim fechado dentro de si próprio, assustado e arredio, já os outros miúdos lhe chamavam Magombala, a hiena, já a criança se parecia cada vez mais com o dito bicho, bem diziam os antigos jagas[25] que os nomes dão o ser.

13

Quando naquela tarde abafada de junho Alfredo Trony entrou na loja de Caninguili, todos se precipitaram em direção a ele, incluindo o barbeiro que, limpando às pressas as mãos sujas de espuma, fez questão de o felicitar num apertado abraço.

No dia anterior o afável Marimont havia surpreendido a clientela habitual com um exemplar do *Diário da Manhã*, que todas as semanas recebia de Lisboa, trazendo na segunda página um folhetim intitulado "Nga Muturi – Cenas de Luanda". Assinava-a Alfredo Trony. É certo que ninguém desconhecia as inclinações literárias do advogado; mais do que isso, todos sabiam das suas intenções de escrever uma novela tendo como pano de fundo os costumes da terra, dessa terra que Trony adotara como sua. Porém nenhum esperava para tão breve a publicação da estória. E porque com todos Trony havia privado de perto e de todos tinha recolhido informações e confidências, qualquer deles se sentia um pouco autor da obra, querendo ver em cada frase uma sua contribuição, em cada palavra o eco da própria voz.

---

25 Soberanos tribais.

Alfredo Trony recebia os abraços e felicitações quase envergonhado, torcendo nervoso o farto bigode de vassoura:
— Ora vamos — repetia já enfastiado —, é apenas um ensaiozito; e aos meus amigos o devo.

E depois, em quimbundu, dirigindo-se ao velho Quissongo, requeria pormenores sobre esses estranhos acontecimentos de Catala que, a acreditar nas vozes do mundo, o próprio funante havia presenciado. De fato ele estivera lá. E Quissongo abria muito os olhos. Contara a estória mais de cem vezes mas repetia-a sempre como se a estivesse a viver ali, e sempre interrompendo muito, abrindo parênteses, acrescentando ditos. Sim, ele estivera lá, fora comerciar com os holandeses do cabo (que agora parece já eram portugueses, assim o quisera o senhor Artur de Paiva, ele bem sabia porquê! Essa raça de matumbos intratáveis, que ainda mal haviam posto o pé na Humpata e já se portavam como senhores de todo o planalto). Fora pois comerciar com os boêres, trocar vinho e munições por couro e por mel. E à vinda ocorrera-lhe desviar pela zona de Catala, onde ouvira dizer se estabelecera uma colônia de ilhéus da Madeira, portanto seus patrícios por parte do pai. A doze horas do destino, saíra-lhe ao encontro um grupo de homens montados em bois-cavalos, e de entre eles se destacara um branco dos seus quarenta anos, barba comprida, cabeça coberta por um largo chapéu de palha.
— Tive logo a certeza de que aquele homem não respeitava ninguém!

O velho Quissongo disse isto e fez um pequeno silêncio, passou os dedos lentos pela carapinha branca, subiu-lhe aos lábios um sorriso de ansiosa tristeza:

— Senhor doutor, poco ya nvunda, buila mu nvunda: faca de briga morre na briga! Esse homem mesmo, morte dele vai ser coisa falada, morte macaca! Antunes se chamava o homem. Dono de terras e mais terras; senhor de escravos e mais escravos. À sua conta um exército de 500 pretos; por causa dos songos, praguejava, esses selvagens são capazes de tudo!

— Saiu-me ao caminho por acaso, era outra a visita que ele esperava: o chefe do conselho de Malange, o senhor tenente Abranches. Veio este dois dias depois; entretanto o Antunes já me forçara a vender-lhe toda a mercadoria, e a comprá-la depois ao dobro do preço; isto várias vezes.

A sala encheu-se de risos e o próprio Trony não foi capaz de conter uma gargalhada.

— Pois, riam-se, riam-se, mas com uma *Martini* encostada às costas sempre queria ver quem faria melhor negócio!...

De qualquer modo não eram ainda estes os casos que se propusera contar. Íamos que o Antunes esperava a visita do chefe do conselho de Malange, cujo acabou chegando atrasado de dois dias. Mas chegou e aqui principam em verdade as coisas e as loisas. Pois que querendo o Antunes festejar a chegada do senhor tenente vai de degolar cabrito e mais cabrito, dez bois inteiros, vinho e mais vinho correndo como água. E eram já festejadas muitas horas nisto quando manda o Antunes que lhe tra-

gam uma escrava e diante do espanto de todos a faz ali mesmo assar para a servir aos cães.
– Eu fugi! Aproveitei a confusão e saí a correr. Não sei o que fez o tenente mas dizem que nada. Que não podia fazer nada contra tantos homens armados. Foi isto há uns dez dias atrás.

14

Dez dias depois sabia-se que o Antunes fora preso em Pungo Andongo. O próprio tenente Abranches o atraíra ali. Arranjara modo de o apartar da sua guarda e o prendera depois na confiança. Constava que vinha já a caminho da capital.

Por essa mesma altura chegava a Luanda mais um vapor a abarrotar de condenados: eram umas centenas de homens e mulheres tristes e amarelos, iguais uns aos outros como as pedras sujas de uma mesma calçada. Entre os primeiros a desembarcar estava um sujeito baixo e seco, uma barba pardacenta a trepar-lhe pelo rosto estreito, olhos desconfiados e duros, os lábios fechados numa linha só, o rosto crispado como um punho. Vestia como os outros uma ganga de indefinível cor, como os outros, transportava ao ombro uma trouxa com os poucos haveres. Parou um instante ao pisar terra e ergueu o nariz afilado para cheirar o vento. O ar, quente e úmido, trazia-lhe odores que ele não conhecia. À sua volta levantava-se uma confusão de gritos e de vozes. O homem sorriu. José Manuel da Silva, condenado a 22 anos de degredo por triplo assassínio, sabia que começava ali uma vida nova!

15

Josephine era bonita: os olhos largos e macios, a quindumba[26] cheirosa, o alto corpo ondulante como palmeira embalada pelas brisas. Josephine gostava dos homens e da forma como os homens gostavam dela. Gostava do pai Pedro e do miúdo Severino. E aos dois servia feliz e exuberante. Mulher de quissanguela[27], ela? Mulher apenas. Senhora de quem a fizera escrava. Senhora de todos os corações onde pousassem os seus olhos quentes. E ofuscantes. Como o Sol.

Que o diga Arantes Braga, dias a fio lhe rondando os passos, morto de paixão. E tanto andou e rondou e suspirou e rastejou e se humilhou que terminou conseguindo a coragem necessária para avançar o convite.

Foi na tarde do dia 15 de novembro desse ano sem outras memórias de 1885. Voltava Josephine à casita onde Pedro Saturnino a instalara, às Ingombotas, e com ela as suas sete molecas, quando viu subir ao seu encontro a enorme figura de Arantes Braga. Impossível desviar caminho. E para quê? Josephine compôs os panos e o sorriso, cumprimentou em seu frágil português, mestiçado quimbundu (viera dos belgas nortes, compreenda-se):

– Boa tarde, nga-Braga.

---

26 Cabeleira.
27 De partilha.

O jornalista parou, beijou-lhe a mão, e depois sem aviso mas sorrindo sempre marcou-lhe um encontro para a noite seguinte e que estivesse descansada, o senhor Sousa não voltaria tão cedo, toda a gente o sabia em Malange, em demorados negócios. Josephine ficou parada a vê-lo desaparecer, nem sim nem não, as molecas ao lado rindo muito e batendo palmas.

Essa noite passou-a Arantes Braga a sunguilar[28] no pavilhão do Café Paris. Entre aplausos e apupos defendeu as teses de sempre. Indignou-se contra o sistemático massacre dos povos do interior, agora mesmo eram os do Humbe, e amanhã seriam outros e outros e assim enquanto fosse Angola feudo de antigos condenados, gente sem escrúpulos, lobos vestidos de homens. Ao velho Vieira Dias que lhe fazia notar a impossibilidade de uma revolta angolense – os portugueses é que tinham as armas –, contrapunha vibrante que nem a força das armas nem o prestígio dos grandes poderiam inutilizar os esforços heroicos de um povo que tentava libertar-se de um jugo secular e recuperar os seus direitos.

No fim dessa noite adormeceu-lhe o coração; partiu embora sem dizer adeus.

– Ficamos mais sozinhos – falou Caninguili quando lhe foram dar a notícia; seu jeito manso de acariciar as palavras.

A 17 de novembro levaram-no a enterrar no Cemitério do Alto das Cruzes. Muita gente no seu enterro. Até mesmo os seus inimigos políticos: o cafuso Ezequiel,

---

28 Conversar.

o Antoninho da farmácia, o caçador Afonso. E, todo vestido de negro, Urbano de Castro, fidalgo briguento mas de boa muxima[29]. O povo não podendo conter seu grande espanto:

– Ayuê, vejam quem, até o Urbano de Castro! Carregando o caixão, vinha à frente um dos filhos do morto e João Ignácio de Pinho; atrás Carmo Ferreira e o velho Vieira Dias.

Josephine foi também. Só ela a legítima presença, só com ela Arantes Braga marcara encontro.

Entardecia quando o cortejo saiu da Igreja da Senhora do Carmo; Josephine passou à frente do féretro, ninguém reparou no seu vulto breve. Oculto na mão direita trazia um espelhinho. Josephine tinha de o ver pela última vez, com ela o jornalista marcara encontro. E Josephine viu; Josephine viu-o.

Desde menina escutara dos seus patrícios, Congo acima, que a alma dos mortos vai estribada nos caixões e que é possível vê-las assim dentro de um qualquer espelho. "Mas atenção", sempre lhe tinham prevenido, "que o seu olhar nunca se cruze com o teu."

Josephine viu-o: lá ia Arantes Braga a cavalgar o próprio féretro, sorrindo para o seu amigo João Ignácio de Pinho, sorrindo também para trás, para o branco Ferreira, trágico no seu luto apertado, murmurando com os finos botões de madrepérola, poças para este gajo, era gordo como um boi, deviam ter partido o corpo ao meio e repartido por dois caixões.

---

29 Coração.

Arantes Braga ria mais e mais. Depois endireitou-se e olhou em frente. A negra Josephine só teve tempo de largar o espelho, que escorregou até ao chão e se desfez em mil pequenas estrelas de luz.

CAPÍTULO SEGUNDO

Onde a propósito de rabos e rabudos se escuta uma estória singular e que convém reter para entendimento futuro de outras estórias. Apresentação de António Urbano Monteiro de Castro, fidalgo distintíssimo, e do desvirtuoso conflito que o opôs a João Maria Pereira da Rocha, por alcunha o Rocha Camuquembi, corretor de amores.

Aqui se prolongam ainda as conversas antigas, ódios e paixões, casos de cama, se consuma um crime e se prepara um drama.

Confusões no Humbe, no Cubango e no Bié; e em todos os barulhos o ressoar de um mesmo nome: Tom, mercenário tswana, pai de Johanes Oorlog, incrível personagem que a seu tempo haveremos de tratar.

Termina o capítulo a 11 de janeiro de 1890, na vergonhosa tarde que pôs fim a um impossível sonho cor-de-rosa.

"*Escapou ontem da fortaleza de São Miguel o célebre Antunes de Malange, recentemente condenado a 20 anos de degredo na Costa Oriental da África por assassínio de uma sua serviçal. Com ele fugiram ainda o facínora Silva Facadas e outros dois meliantes de menor calibre. Levaram consigo o cabo da guarda e um soldado, naturalmente pelo apreço em que têm o brio daqueles bravos militares.*

"*[...] Se conseguirem não substituir o peru em dia de festa na mesa de algum soba da Quissama talvez que por lá façam fortuna, constituindo algum estado livre [...]* "

(De um artigo no jornal O Futuro de Angola de 13 de dezembro de 1887.)

1

Ninguém saberia dizer com rigor como se iniciara a conversa. Talvez porque Pedro Saturnino de Souza se tenha referido ao rico Marimont chamando-o de rabudo, maneira deseducada de recordar o sangue espanhol do outro, agora também seu concorrente no transporte de mercadorias pelas águas do Quanza. Fosse como fosse, o adjetivo suscitou risos e comentários torpes, tendo então Alfredo Trony explicado que o termo derivaria de uma antiga crença segundo a qual todos os nobres castelhanos nasceriam portadores de vergonhoso apêndice caudal. Também sobre a casa real portuguesa recaíam suspeitas ferozes; e isto na pessoa da rainha D. Brites, mãe de D. Dinis, a qual teria nascido caudada. Baseavam-se tais suspeitas em duas pistas de caráter histórico: por um lado no ter sido D. Brites a introdutora em Portugal das cotas de rabo, em uso antigamente pelas princesas e grandes senhoras; por outro lado no estranho capricho que levou el-rei D. Sebastião, no dia 1º de agosto de 1569, a mandar abrir todas as sepulturas do Mosteiro de Alcobaça com o objetivo de, segundo ele afirmava, verificar o estado dos corpos ali depositados. Na realidade o pequeno imbecil almejaria apenas confirmar, com os seus olhos, que as areias mouriscas haveriam breve de tragar, a natureza simiesca da sua parenta real.

Héli Chatelain, um missionário suíço recentemente aportado a Angola, e que Trony trouxera nesse dia para apresentar aos companheiros da Fraternidade, pediu então a palavra e num português algo precário contou que segundo a *Relação* de Pedro Martyr teria existido num país de nome Insignanum um povo dotado de rabo; rabo que na descrição de Martyr não seria flexível como o dos animais, mas tão rijo e teso que os seus portadores se não poderiam sentar senão em bancos furados. E querendo sentar-se no chão mandavam primeiro fazer apropriados buracos nos quais encaixavam as caudas. Há ainda relatos da existência na ilha Formosa de homens silvestres dotados de excrescências no fundo do espinhaço, a modo de rabete; e o mesmo em Bornéu e na Malásia.

– Soubessem pois os distintos cavalheiros – Chatelain dizia cavalheirros – o quanto há de rabudos por esse mundo fora; tantos e tão dispersas que talvez sejam eles mais do que nós. E se assim for não será justo pensar que é esse o natural das coisas? O aleijão estará em tal caso no dispor da cauda ou em não a possuir?

Questão profunda esta e que poderia ter desviado a conversa para rumos mais filosóficos, não fosse Afonso haver aproveitado a deixa para avançar outras das suas incríveis estórias de velho caçador.

É que ele, Afonso, não conhecera jamais gente com rabo. Porém, na zona de Catala e servindo ele de guia ao famoso Axel Wilhem Erikson, fora-lhe dado conviver com um povo capaz de talentos animais: gente estranha mas não daninha. Alimentavam-se exclusivamente de frutos, de raízes e de bagas, enfim de coisas vegetais, pois era a sua crença que a alma não está apenas neles mas que a partilham com um qualquer animal: herbívoro, já se vê! E é quando esse animal se obitua que lhe adquirem parte dos talentos.

– Eu próprio vi – e Afonso parecia nem perceber a incredulidade dos seus ouvintes – um destes homenzinhos, primeiro a cantar como um cuco e por fim mesmo a voar de galho em galho. Também o inverso é verdadeiro e até seguramente mais comum. Quero dizer que não é raro encontrar naquelas paragens bichos com modos de gente: elefantes que falam, pássaros a rir às gargalhadas, macacos que conhecem a utilização do fogo.

Apenas Severino levou a sério a fábula do velho:
– É demasiado inverossímil para que não seja verdade – explicou a Caninguili, a vida imita os sonhos!

2

As Ingombotas eram um dos locais mais temidos pelas senhoras da cidade alta. Constituíam-no centenas de cubatas, simples casas de adobe e um ou outro sobradinho de madeira, num traçado confuso e ruidoso. No Cacimbo a umidade do alvorecer devorava-lhe as entranhas e libertava-se dele um espesso odor a coisa apodrecida. Em chegando setembro, e as primeiras chuvas, cobria-se de uma lama vermelha e grossa, que logo depois o sol cristalizava em placas de caprichadas formas.

Habitava o bairro toda a casta de gente miserável: serviçais, escravos fugidos aos seus amos, pequenos comerciantes, condenados que nunca fizeram fortuna, mulheres desgraçadas, aventureiros caídos em desgraça. Mas, com tudo isto, não se pense nas Ingombotas como um bairro triste. Pelo contrário, era o bairro mais vivo da cidade. Sobretudo de noite, quando Luanda fechava os olhos e adormecia com a cabeça encostada às areias da baía. Era então que começava nas Ingombotas o palpitar das batucadas; e as mulheres de muitos nomes perfumavam os corpos e as quindumbas para se ofertarem aos homens; e vavó Naxa batizava o vinho e preparava a nzua embriagante; e o cego Jeremias recomeçava a baralhar as cartas, só nele confiavam os cavalheiros que nessa noite ali iam perder e ganhar fortunas.

Era neste mundo que vivia o senhor João Maria Gonçalves da Rocha, plebeu de cor preta, natural de Zenza do Golungo, por todos apenas conhecido como Rocha Camuquembi. Residia nas Ingombotas não por gosto; ele tinha aspirações mais elevadas. Todavia a isso o obrigava a sua profissão, mister difícil e trabalhoso, por muito que os seus detratores afirmem o contrário; Rocha Camuquembi era, na fraseologia apurada do pardo Severino, um corretor de amores; um mercador de corpos segundo Adolfo; um chulo na opinião do próprio, que não tinha veleidades de poeta e se entendia melhor no submundo das palavras pobres do que na alta roda vocabular dos dois amigos.

Camuquembi tinha uma larga cabeça de grão-de-bico, a carapinha curta, apartada ao meio por um fundo risco, os olhos furtivos e salientes dos camaleões. Mas, a despeito de tanta feieza, nunca lhe faltou matéria prima para o seu ofício, durante todo o tempo em que escrupulosamente o exerceu, fato que por inexplicável serviu para alimentar murmúrios, conversas de quimbandas e ofertas. Para os clientes foi sempre discreto e educado, de um formalismo até um pouco excessivo, mesmo adulador. Quando bebia, porém, tornava-se feroz, capaz de abater um homem com um só sopapo. O verdiano Tchibita dizia que ele tinha hóstia no corpo, faca nele não podia entrar, resvalava só. Na noite em que defrontou Urbano de Castro tinha com certeza apanhado um bico! Consta, é certo, que o jornalista teria ido longe demais, mas isso não só não bastaria para desvairar o chulo, habituado a engolir o orgulho e a curvar a espinha. Seja como for, aquela noite tornou-se memorável, pois não era sempre que se via um africano a cavalgar um europeu, e sobretudo um de tão veneranda estirpe, fidalgo distintíssimo, descendente por colaterais caminhos da nobilíssima linhagem da infeliz rainha D. Inês de Castro. O acontecimento foi pretexto para longas tiradas políticas, além da chacota, está bem de ver. Mamede de Sant'Anna e Palma escreveu no seu jornal cinco tremendas colunas a celebrar o feito e a castigar Urbano de Castro, convidando-o em fecho pleno de erudição a abandonar a colônia:

— Fuja, suma-se, esconda-se, desapareça desta terra que o viu surgir do nada e erguer-se majestosamente na sua grandeza para depois cair!!!!!!!!!!!!!!! Despeça-se o senhor Urbano de Castro como Byron cantou nos seus versos: *adeus se para sempre ele ser deva / / Embora! para sempre este adeus seja.* Basta, paz aos tolos!!!!!!!

Mas logo no dia seguinte voltava a atacar afirmando, entre outras coisas igualmente terríveis, que a peleja demonstrara não ser mais o preto de ontem igual ao preto de hoje; fato em que muito deveriam meditar os defensores do rei e da escravidão de Angola.

Estas opiniões, que a forma impressa tornava respeitáveis, propagaram-se e cresceram de tal modo que em breve Camuquembi se via transformado em herói popular, republicano dos quatro costados (ele, a quem sempre havia fascinado a monarquia: pela pompa, pelos rituais, pelo sabor a coisa antiga e poderosa), autonomista e amigo de escravos. E quando Urbano de Castro pediu ao administrador do conselho a sua prisão, contaram mais para o juízo do digno magistrado as acusações de propagandismo antinacional do que propriamente as de proxeneta e desordeiro.

Os quatro anos de prisão maior a que foi condenado (para além de uma pesada multa e de um número excessivo de varadas) fizeram de Camuquembi não já apenas o herói destemido mas, na alta expressão de Fontes Pereira, "o mártir da causa angolense, o Cristo redentor da esperança da colônia, o Viriato que violência alguma conseguirá jamais fazer jurar submissão".

3

O velho Vieira Dias viu a filha apear-se do carro, ajudada por Carmo Ferreira, e tomar a direção de casa com o seu passo ondulante, caminhando como quem flutua. Fez-se uma mulher, pensou. E ao pensar isto veio-lhe uma tristeza súbita, uma angústia desgarrada da razão. Judite crescera, isto é, haviam passado os dias, passado os anos, o tempo toldara a memória dos amigos mortos, dos casos antigos, daquele poente na Barra, da perturbada noite em que Judite nascera. Fechou os olhos e cruzou as mãos sobre o punho de prata da sua velha bengala. Que fizera ele da vida? Que fizera que valesse a pena ser feito? É verdade que nunca fora infeliz mas aos 70 e tantos anos dera para se pôr interrogações como essas; que o faziam entristecer: sentia dentro do peito um alastrar de sombras. Abriu os olhos e viu o sorriso sossegado de Judite, o longo pescoço de gazela, a mão distraída a recolher o guarda-sol. E pensou de novo: está uma mulher, é preciso arranjar-lhe casamento, orientar-lhe a vida.

Nessa mesma tarde, depois de o Sol se ter posto, chamou dona Sensi e preveniu-a que fosse reforçando o enxoval da filha.

Há muito que vinha seguindo os olhares incendiados que Carmo Ferreira atirava a Judite. Ao princípio isso tivera o condão de o perturbar, de o irritar, e pensara mesmo em chamar a atenção do atrevido. Que diabo, era em sua casa! Depois refletira que, na cidade havia poucos pretendentes que verdadeiramente lhe conviessem (uns eram fúteis, outros diletantes e vadios, outros ainda simplesmente pobres). Carmo Ferreira, é certo, começava a ganhar rugas e um pedaço de barriga. Mas tinha uma posição, um nome honrado, muitos contos de réis. Decidiu pois averiguar das intenções do comerciante, pelo que, tendo-o encontrado dias depois muito bem disposto, foi direto ao assunto. Carmo Ferreira pareceu primeiro um pouco confuso. Mas, adivinhando o objetivo do proprietário, comoveu-se sinceramente e agarrando-o num apertado abraço jurou de lágrimas nos olhos que a única coisa que pretendia era a felicidade da pequena:

– Hipólito, eu sei que não sou perfeito. Mas se Judite acedesse a casar comigo eu faria tudo para a tornar feliz.

E, limpando as lágrimas, jurou mais que largaria o jogo e as meninas das Ingombotas; e também o álcool, as noitadas com os rapazes, até mesmo as caçadas ao jacaré. Não fosse o velho Vieira Dias tê-lo deixado ali, pretextando uma forte indisposição renal, e teria prometido também o abandono do rapé e da carne à sexta-feira, quiçá mesmo do cafezinho da manhã...

4

Era um domingo, cinco horas da tarde, e estava um céu de nuvens baixas, corria um vento fresco a eriçar as folhas dos jacarandás. No coreto da Salvador Correia, o batalhão de caçadores número seis espalhava em redor as suas "flores soltas", última valsa do consagrado maestro Ribeirinho. Comandava a orquestra o próprio autor da valsa, sujeito amarelento e magricelas, com um bigode que lhe atravessava o rosto de lado a lado e se enrolava depois numa sucessão de apertadas voltas. Hirto como um poste, dir-se-ia uma estátua, não fosse o movimento dos braços e da comprida batuta, subindo e descendo, ondulando, flutuando, dançando, como uma coisa viva e independente do corpo do maestro.

Três ou quatro pares mais afoitos rodavam pela praça em alegres passadas, enquanto em torno outros jovens lhes atiravam ditos atrevidos, para escândalo de algumas velhas senhoras, bem instaladas em suas cadeiras de verga. Severino dançava também, enlaçado à tímida Judite, que só com dificuldade conseguia acompanhar os passos difíceis do mulato. Quando as últimas notas morreram no ar, e antes que Ribeirinho desse início a nova valsa, Severino pegou a moça por um braço e arrastou-a até um dos cantos da praça; Judite protestou, soltando-se.

– O que é isso, Severino, olhe que as pessoas reparam!

Que reparassem! Severino tinha os olhos brilhantes:

– Não quero acreditar no que se diz por aí, quero ouvir da sua própria boca. É verdade essa estória do Carmo Ferreira?

Judite juntou as mãos nervosa:

– São coisas de meu pai. Ainda nem falou comigo, foi a mamã que me veio contar. Eu não sabia de nada; não suspeitava de coisa nenhuma.

Mentira! As mulheres eram todas iguais, todas umas falsas! E ele que tinha acreditado nela, que tinha até pensado em mudar de vida, em arranjar emprego.

A moça baixou os olhos, estava a fazer um grande esforço para não se desfazer em lágrimas:

– Severino, você não tem de acreditar. E agora deixe-me ir, Clarinha está a chamar por mim.

Severino viu-a partir numa corrida breve, a mão direita a erguer o vestido, deixando expostos os finos sapatinhos negros, um pedaço de calcanhar.

Puxou com força a desgrenhada pera: Sukuama! E agora o que é que havia de fazer?

O seu namoro com Judite já demorava há algum tempo, mas era coisa singela, recatada, quase secreta. Só mesmo Adolfo e Clarinha sabiam do caso: eram eles que facilitavam os encontros, que transmitiam os recados. Sukuama! E agora, o que é que havia de fazer?

5

José Manuel da Silva olhou sem responder o velhote que lhe estendia a mão. Este contudo não pareceu perturbar-se; abriu a boca num sorriso desdentado e voltou a perguntar:
– Silva Facadas? Ou estarei confundido?
Ainda dessa vez José Manuel da Silva não respondeu. Na sua cabeça dançava uma procissão de imagens. Silva Facadas! De novo a sua fama lhe passara adiante. Tinha a tragédia amarrada à pele como a porra de uma carraça. Nunca mais se livraria dela!
Sempre em silêncio estendeu a mão. Não fosse a idade que lhe nevara as barbas e o cabelo e o homem que tinha à sua frente seria igual a dezenas de outros que costumava ver, comandando magotes de negros pelas ruas, ou, em tabernas como aquela onde agora se encontravam, esvaziando copos atrás de copos, com o olhar absorto dos defuntos. Este gajo saiu direitinho da porra do mato, pensou Facadas. E quando o outro se pôs a falar na prisão de um tal Antunes, e na traição de que se haviam servido para o prender, e na injustiça que era mantê-lo preso, o condenado perdeu a paciência e decidiu-se a falar pela primeira vez:
– Bom, bom, e que tenho eu com a porra do Antunes?
O sertanejo riu-se:

– Não tem mas vai ter – e depois de pedir outra garrafa puxou de uma cadeira e, chegando-se ao Facadas, continuou baixando a voz: – Você é um homem corajoso, amigos da metrópole falaram-me de si. Ora esta é uma boa terra para quem tem as matubas no sítio. Mas é preciso conhecer os usos e costumes, e você não conhece. E é preciso ter amigos, e você está sozinho. Por último é preciso ter um mínimo de capital para investir; e o cavalheiro só tem de seu o que traz vestido. Então eu estou aqui para lhe propor um negócio.

E baixando ainda mais a voz explicou que precisavam de um homem como o Silva: inteligente, a quem o sangue não metesse medo e, sobretudo, desconhecido na cidade. O Antunes estava preso na fortaleza, mau sítio para se viver, ele também passara por lá. Porém, com a ajuda do Silva estaria preso por pouco tempo. O plano era o seguinte: primeiro o Silva tinha de arranjar uma maka, sei lá, espancar um soldado, roubar uma merda, qualquer coisa servia, o importante era fazer-se prender. Depois, uma vez no interior da fortaleza, manobraria para ficar junto do Antunes. E agora tomasse muita atenção: de uma das vezes em que estivera preso, ele, Afonso, conseguira esconder uma pistola num dos cantos do pátio principal. Com essa arma o Silva poderia dominar os guardas e, em noite combinada, à hora das ave-marias, atravessar os portões da prisão. Do outro lado estaria gente à espera dos evadidos.

José Manuel da Silva escutara as palavras de Afonso fechado no seu silêncio de lobo solitário. Quando o outro terminou, manteve-se calado ainda um longo momento. Por fim passou a mão direita pela barba turva e, fixando

em Afonso os seus olhos pequenos e frios, perguntou o que é que tinha a ganhar.
– Tudo o que lhe falta – esclareceu Afonso. – Experiência, amigos, dinheiro; numa palavra, o futuro.

6

Nunca se morre completamente. Daquele que parte fica sempre alguma coisa a lembrar a sua passagem pelos descaminhos da vida. Seja um traje velho no fundo de um armário; seja a amarelada fotogravura que alguém se esqueceu de jogar fora; seja o gesto que permanece para além daquilo que o justificava: a mulher que de manhã continua a procurar na cama o corpo do marido que há tanto tempo já partiu; a mãe que na rua continua a dar a mão ao filhinho que há tantos anos já morreu. Seja ainda uns olhos que repetem o verde de outros olhos; o formato de um rosto que ressurge gerações após. Nada é imortal mas tudo permanece, diria Severino, sua sofismada maneira de desconsiderar a morte.

No gasto sobrado do Velho Gama talvez estas palavras tivessem mesmo algum sentido. Percebia-se a sua presença incrustada em cada recanto das salas; o seu cheiro flutuava ainda entre as pilhas de gaiolas vazias. E, sobretudo, havia a sua voz, o seu inconfundível vozear, ecoando por toda a casa, a todas as horas do dia. Por isso a menina Alice talvez tenha esquecido mesmo a morte do pai. Coisa triste. Como esqueceu o sobrinho abutre a rapinar em volta. Salvo a ausência dos pássaros a sua vida recomeçou idêntica ao que sempre fora. Recuperou os rituais de todos os dias. E *Manaus* continuou a repetir os palavrões de que tanto gostava, e ela a enganar-se e a ralhar com ele, acreditando estar assim a repreender o pai.

Se havia alguma coisa nova na sua vida eram essas visitas que se habituara a fazer até à loja do vizinho barbeiro. Passava por lá antes de ir ao mercado; Caninguili estava a arrumar a casa, parava tudo e desejava-lhe os bons dias. Depois arrastava dois banquinhos até a soleira da porta e oferecia-lhe um para que se sentasse. Desaparecia então no interior da loja e regressava trazendo na mão um livrinho que folheava com a ternura com que uma mãe acaricia um filho. Andava-lhe a ler Júlio Dinis: *As Pupilas do Senhor Reitor*.

E durante quinze minutos, todos os dias com exceção do domingo, Alice esquecia tudo para seguir atenta a estória de Daniel e da desventurada Margarida, as piadas do bom João Semana, enfim, os sossegados dramas rústicos desse Portugal tão longínquo e tão diverso.

7

Naquele ano de 1888 as palavras comboio e progresso eram o santo e senha de todas as conversas. Ainda mal a formidável serpente de ferro passara além da Muxima e já se fazia depender dela o futuro da colônia; era ela o comprido braço da civilização que finalmente chegava também a Angola.

Quando a linha alcançar Malange é que este país vai dar o grande salto, dizia-se. E os comerciantes esfregavam as mãos de prazer e de ganância. Já viam em sonhos os vagões cheios da preciosa borracha; e também de algodão e de café, culturas que começavam então a dar os primeiros passos.

A linha férrea iria ainda facilitar o transporte de soldados e portanto a pacificação do interior. Ou seja, iria dar um impulso decisivo ao avanço da colonização. Nem todos, porém, viam com regozijo o progresso dos trabalhos. Pedro Saturnino de Souza, por exemplo, sofria com esse progresso. Fizera fortuna transportando mercadorias entre Luanda e Muxima – Massangano – Dondo – Cambambe – Pungo Andongo, sempre Quanza acima, Quanza abaixo, por canoa ou por palhabote, fora uma vida naquilo. E agora que se firmava no negócio (só palhabotes tinha oito) vinha aquela máquina ululante e espumante – aquele engenho do diabo! – concorrer com ele, roubar-lhe o pão de cada dia:

– Nunca passará Dalatando – vaticinava para quem o queria ouvir –, logo logo as chuvas vão arrastar tudo; ou vão roubar as traves. África não é Portugal...

Naquele dia ninguém deu troco a Pedro Saturnino. Mas, como de costume, dos comboios passou-se a falar do progresso, com Severino a reclamar contra o abandono da colônia (o comboio não lhe bastava) e a exigir a abertura de escolas para os filhos do país.

E, gravemente, propunha a formação de um movimento para a independência de Angola. Tema controverso:

– Como quereis vós a independência se vós que usais fraque, que fumais charuto, que calçais luvas, tendes vergonha de estenderdes a mão ao vosso patrício que tem o casaco roto nos cotovelos, os sapatos gastos com o tempo, não vos importando mesmo que esse que hoje assim veste já outrora se tenha apresentado na sociedade com os mesmos trajes com que hoje vos apresentais? Como quereis vós a independência se na maior parte não somos bons?

Quem assim se exprimia era um jovem dos seus 20 anos, um rosto ainda imberbe, os olhos muito vivos a correrem de um para outro dos seus ouvintes, as mãos de longos dedos finos a acompanharem a força das palavras. Vestia um largo traje de casimira branca que contrastava com o tom escuro da pele. Falava veementemente e quase sem fazer pausas. Severino e Adolfo Vieira Dias escutavam-no com um ar superior, o primeiro ligeiramente enfadado, o segundo mais atento, querendo intervir. À última frase do jovem ambos protestaram e Severino voltou-se mesmo para Caninguili como a procurar o apoio do barbeiro. Este, porém, tinha um sorriso nos lábios e não parecia inteiramente discordante daquilo que acabara de ouvir:
– Deixem o moço falar – pediu na sua voz cantada –, o que ele diz não deixa de ser verdade.

Carlos da Silva agradeceu, desculpou-se se ofendera alguém, e rogou que lhe deixassem acabar de expor aquilo que, com a sua curtíssima inteligência, pensava sobre o assunto. Os outros anuíram, Severino avisando ainda:
– Mas ó menino! Põe tento naquilo que dizes...

Carlos da Silva encolheu os ombros, continuou:
– Como entendeis vós a independência? Como eu talvez, isto é, a desunião de Portugal, da nossa mãe pátria. Para quê, para nos acolhermos em seguida a qualquer bandeira estrangeira? Não ficaremos pois independentes. A cerimônia que se fizer não será mais do que a mudança de papéis porque continuaremos a estar dependentes, se

não de Portugal, da nação a cuja bandeira nos formos acolher. E não será melhor que continuemos a ser portugueses, e com bastante orgulho porque os nossos avós o foram, os nossos pais o são?

Severino interrompeu-o:

– Orgulho? Pois você tem orgulho em ter por tutor um país como Portugal? Que nada nos trouxe de bom, que nada fez para o desenvolvimento de Angola! Que apenas nos assegura a miséria, o embrutecimento, a fome, a morte enfim? É o orgulho do boi pela canga que o traz cativo!

O jovem perturbou-se, concordou que nunca Angola se vira tão exausta de recursos:

– É certo – prosseguiu voltado para Severino que são muitas e muito justas as queixas que temos contra o berço dos nossos pais. Todos nós as conhecemos e escusado será repeti-las. Porém, não tarda muito que a liberdade, a igualdade e a fraternidade sejam o dístico empunhado por nossos irmãos de além-mar. E a *Marselhesa* far-se-á ouvir entoada por centenas de vozes portuguesas na pátria de chorados heróis, e ecoará na nossa terra trazendo-nos um auspício feliz.

Dizia isto emocionado, quase em lágrimas, o que levou Caninguili a levantar-se para lhe servir um copo de água. Severino não estava tão certo das certezas do outro:

– Ainda que venha a república, Portugal não tem capacidade para desenvolver Angola. Melhor seria que nos vendessem à França, à Alemanha ou à Inglaterra, como de resto o pretendem alguns senhores deputados.

Vieira Dias interrompeu para fazer eco de mujimbus segundo os quais estaria para breve uma visita de uma delegação judaica a Angola:

– Parece que estão interessados em comprar o planalto central para aí instalarem um Estado semita, o Estado de Israel!
 Caninguili riu-se. Afinal seria Angola a terra prometida? E dos judeus passaram para os boêres, dos boêres para as guerras no Bié e daí para essa estranha figura de mercenário negro que dava pelo nome de Tom, e cuja intervenção ao lado das tropas portuguesas fora já determinante no controle das revoltas do Humbe e do Cubango. Dizia-se dele que havia sido criado numa missão alemã da Damaralândia e que falava três línguas europeias – português, francês e inglês –, para além de uma dezena de idiomas africanos. Sob as suas ordens moviam-se bosquímanos, berg-dâmaras, hereros e até bastardos; uma multidão de gentes diversas e aguerridas que se concentravam nos Gambos e no Kaokoveld para combater por quem pagava melhor. O preço de Tom era sempre inferior ao dos boêres (apenas metade do gado roubado), e a sua eficácia destruidora não menos invejável.
 Vieira Dias citava uma a uma as célebres razias do guerreiro tswana, num entusiasmo que chocava Severino:
 – Adolfo, esse homem é um mercenário, um criminoso a soldo de alemães e portugueses. Ele é a arma que opera o massacre dos povos do interior.
 Carlos da Silva aproveitava a deixa para retomar a sua tese:
 – Massacres, eu diria tragédias necessárias. E esse é outro dos motivos por que se torna vã a ideia de independência. Com que força nos oporíamos nós aos pretos do mato? Em pouco tempo eles desceriam sobre as nossas ci-

dades. Bárbaros ferozes destruiriam um a um os triunfos da civilização que tão duramente temos vindo também a erguer aqui. Para contrariar a sua força – para os civilizar! – é necessário o apoio de alguém mais poderoso do que nós.
    Caninguili, que até então havia permanecido calado, tossiu a abrir caminho na conversa:
    – O Carlos parece esquecer que a generalidade dos levantamentos tribais se devem sobretudo ao pernicioso comércio de álcool, e à brutal ganância dos colonos. Os povos do interior são, salvo raras exceções, gente de paz. A sua luta é no fundo também a nossa luta. Combatem para se libertarem da injustiça, da opressão, dos estrangeiros que lhes invadem as terras, lhes roubam os bens, lhes desrespeitam os costumes e lhes escravizam os irmãos. O falecido Arantes Braga muitas vezes me repetiu isso mesmo. Digo, como ele dizia, que vai sendo tempo de Angola despertar.

8

– Transmita à menina sua irmã os meus cumprimentos e diga-lhe que estou ardentemente à espera da cola e do gengibre – brincou Carmo Ferreira abraçando Adolfo –, penso que o senhor seu pai já lhe terá falado das minhas intenções.
    Adolfo fez que sim, embaraçado. Na verdade viera à procura do comerciante a instâncias de Judite. "É preciso que se desfaça esta loucura", pedira-lhe a moça desfeita em lágrimas. E Adolfo viera determinado a esclarecer as coisas. A explicar ao comerciante que fora tudo um infeliz equívoco, cismas do velho Vieira Dias. Agora, porém,

via Carmo Ferreira a bater-lhe nas costas, a chamar-lhe meu irmão, meu cunhado, e começava a perceber que havia ali uma comoção profunda. Era sincero o amor daquele homem. E Adolfo sentia-se enfraquecer nos seus propósitos. Como desenganar Ferreira? Quando deu por si estava a brindar à felicidade dos futuros esposos. O comerciante abrira um garrafa especial, um porto antigo, herança do pai:
— Prove-me lá deste néctar e diga se não é realmente coisa divina.
Adolfo concordava, a bebida quebrava-lhe de todo o ânimo de falar. Mais tarde, pensou, mais tarde tudo se resolverá.

9

Em 11 de janeiro de 1890 tinha já César Augusto 16 anos de idade e o aspecto com que muitos anos depois se deixaria fotografar, naquela que é a única imagem que dele nos chegou: a de um mulato magro, magríssimo, alto e triste como um cipreste junto a uma sepultura.

Carmo Ferreira acertara quando o antevira poeta lírico, gastando as noites a rimar à Lua, a cismar na morte e no amor. Amigos não os tinha e também nisso acertara o comerciante. Na verdade ninguém gostava dele: os negros e os pobres (independentemente da raça) porque lhe sentiam o desprezo; os brancos, e em particular os colonos portugueses, porque os confundia a solicitude do rapaz, o seu exagerado patriotismo; aquela mania que César Augusto tinha de interromper as discussões sobre

as guerras pretas, declamando Camões, defendendo o extermínio dos povos tribais:
— Gente incapaz de compreender as grandezas da nossa civilização; bons apenas como maus escravos. Abolida a escravatura transformaram-se em pesado estorvo à exploração da colônia, ao desenvolvimento do império...
Estas opiniões escandalizavam até os racistas mais violentos, e embora vindas de quem era ainda quase uma criança, começaram a fazer nascer rancorosos ódios no seio da burguesia angolense da cidade.

Paixão Franco chegou mesmo a montar-lhe uma emboscada que só não resultou por direta intervenção de Carmo Ferreira que, tendo sabido do caso, logo correu a prevenir o filho. A prevenir e a admoestar, pois também não compreendia as atitudes do miúdo e muitas vezes se via tentado a lhe pôr chapada[30]. Mas acabava sempre por atirar as culpas para cima da quitandeira, mulher manienta, preconceituosa, de língua apodrecida.

A perniciosa influência de nga Féfa não basta, no entanto, para explicar as razões, os confusos sentimentos que moviam César Augusto. Mais importante era talvez a natureza romântica do moço, a sua natural propensão para o culto dos heróis, o seu fascínio pelo clamor da História. César Augusto gostava de se sonhar um cavaleiro antigo, em bravas cruzadas por terras estranhas, derrotando mouros ou libertando donzelas, conduzindo formidáveis exércitos pelas savanas de Portugal. Os seus heróis eram Justiniano Padrel e Bessa Victor e ele seguia-lhes de perto os repetidos sucessos, vibrava em cada vitória, sofria em

---

30   Bater.

cada percalço. Em lhe visitando as musas produzia sonetos épicos que declamava depois às gaivotas na solidão das praias. A esta data trabalhava na farmácia do senhor Antoninho, e aguardava com impaciência os 18 anos para se alistar no exército e seguir a carreira das armas.

Na tarde deste dia 11 de janeiro de 1890 produziu-se um acontecimento que tornou definitiva esta sua decisão: o senhor George Glin Petre entregou ao senhor Henrique de Barros Gomes um breve texto com o seguinte teor:

"O governo de Sua Majestade não pode aceitar como satisfatórias ou suficientes as seguranças dadas pelo governo português tais como ele as interpreta. O cônsul interino de Sua Majestade em Moçambique telegrafou, citando o próprio major Serpa Pinto, que a expedição estava ainda ocupando o Chire e que Katunga e outros lugares mais no território dos macololos iam ser fortificados e receberiam guarnições. O que o governo de Sua Majestade deseja e insiste é no seguinte:

"Que se enviem ao governador de Moçambique instruções telegráficas imediatas, para que todas e quaisquer forças militares portuguesas atualmente no Chire e nos países dos macololos e machonas se retirem. O governo de Sua Majestade entende que sem isto as seguranças dadas pelo governo português são ilusórias.

"Mr. Petre ver-se-á obrigado, à vista das suas instruções, a deixar imediatamente Lisboa, com todos os membros da sua legação, se uma resposta satisfatória à presente intimação não for por ele recebida esta tarde; e o navio de Sua Majestade *Enchantresse* está em Viga esperando as suas ordens.

"Legação britânica, 11 de janeiro de 1890."

CAPÍTULO TERCEIRO

Inicia-se este turbulento capítulo com os belicosos versos d'A Portuguesa e o fragoroso suicídio do velho Silva Porto. Tudo isto pouco antes da chegada a Luanda do senhor Dantas Barata, importante personagem cujo nome persiste até hoje embalsamado em duas apologéticas páginas da Enciclopédia Luso-Brasileira, bem como, diversamente adjetivado, em outros escritos de menor rumor.

Aqui se relatam ainda as aventuras do jovem Magombala que, integrado nas valorosas hostes do tenente-coronel Lourenço Justiniano Padrel parte finalmente para a guerra em expedição destinada a castigar os rebeldes da Songa onde, aliás, iremos surpreender figuras já nossas conhecidas.

Campanhas também no Cuamato, no Humbe e em Cabinda, sem esquecer as mais bem perigosas, aguerridas e destruidoras guerras do coração; que o diga Severino, ou Carmo Ferreira, soldado tarimbado em guerras que tais...

"[...] E se não há relações entre a anatomia do crânio e a capacidade intelectual e moral, porque há-de parar a filantropia no negro? Porque não há-de ensinar-se a bíblia ao gorila ou ao orango que nem por não terem fala deixam de ter ouvidos, e hão-de entender quase tanto como entende o preto, a metafísica da encarnação do Verbo e o dogma da trindade?

(Oliveira Martins, in *A Cicilização Africana*, Lisboa, 1880)

"[...] O negro não é o ser típico e por vezes elegante que havíamos visto até aqui: é um provocante chimpanzé a quem chamam calcinhas, imitando o branco, tomando-lhe os meneios tão exageradamente que a gente põe-se a recear de, antes de regressar a bordo, ter de apontar o pé às grandes, às enormes nádegas destes animais dengosos e domesticados [...] Assim efeminados e de porte duvidoso estes senhores têm associação e jornal e fomentam nada menos que a campanha da... autonomia de Angola!"

(Gastão Souza Dias, in *No Planalto da Huíla*, Porto, 1923.)

1

"Contra os bretões marchar, marchar...", este o grito do povo, os versos que o povo deu de cantar na capital do reino e que desceram depois por aí abaixo até às ruas de Luanda. Em Lisboa a notícia do *Ultimatum* trouxe à cena multidões furiosas mas sem direção, como um enxame de abelhas a que se lança uma pedra. Escusadamente tremeu o rei pela sua cabeça; escusadamente empalideceram os nobres fidalgos, a próspera colônia inglesa de Sintra e Cascais: ninguém se lembrou de os guilhotinar! Povo de ódios mansos, de brandas vinganças, os alfacinhas limitaram-se a estilhaçar as vidraças da redação do jornal progressista *Novidades* e, defronte do edifício de O *Século*, à Rua Formosa, a aclamar longamente os eufóricos arautos da república. Em vão se barricou D. Carlos no seu palácio de Belém, toda a noite incomodado por fortes diarreias; toda a noite de espada na mão, a bradar que venham, que venham, venderemos cara a vida. (Que isto de ser rei exige exemplar heroísmo e compostura!)

Os ecos desta pacífica revolta, desta clamorosa passeata pela baixa pombalina, chegaram a Luanda atrasados de alguns dias. Chegaram contudo mais vivos de cor, acrescentados de tiros e de sangue e de piedosos detalhes destinados a despertar o espírito da nação. A 15 de janeiro uma multidão compacta atravessou as ruas e as vielas até desaguar no largo do palácio do governo onde, em improvisado palanque, inflamados oradores exigiram do governo central medidas de desagravo, severo castigo à pérfida pátria de Henrique VIII e de Jack, *o Estripador*. Queriam uns que se enviasse toda a feroz armada lusitana a castigar a ilha, outros, mais realistas, propunham que Portugal se aliasse à França e à Alemanha para dividir o império britânico em África. Os mais cínicos e mais lúcidos propunham simplesmente que se congelassem os bens dos cidadãos britânicos em terras portuguesas e se proibisse a exportação de vinho do Porto para aquele país.

 O jovem Paixão Franco, que tentava também subir ao palanque para atacar não apenas o rei e o governo, não apenas a Inglaterra, mas Portugal e os portugueses, a fragilidade do império e o absurdo dos sonhos cor-de-rosa, teve de retirar-se aos gritos de traidor e, não fosse a proteção de alguns fiéis, acabaria sovado a soco e a bengalada.

2

 Quando o velho colonialista Silva Porto se embrulhou na bandeirinha azul do reino e, empoleirado num barril de pólvora, se fez explodir, a ele e à sua libata e a todo o armamento e munições, sabia com certeza que estava a lançar petróleo à alta fogueira dos ódios nacionalistas e, assim, indiretamente, a perpetrar um massacre.

De fato, quando o idoso capitão mor estoirou, vivia-se em toda a colônia a ressaca do *Ultimatum* britânico e a sua atitude, que noutra altura talvez tivesse sido apenas motivo de troça, empolgou os colonos, agitou os governantes e ditou a sorte do orgulhoso Ndunduma, cujos guerreiros foram incapazes de resistir ao assalto combinado de 260 caçadores indígenas, 12 cavaleiros, 80 mercenários boêres, 300 dâmaras e 40 bastardos, todos sob o comando do brilhante capitão Artur de Paiva.

Exilado entre as agudas montanhas de Cabo Verde, Ndunduma, *o Trovejante,* teve bastante tempo para meditar nisto tudo e em particular na forma como se ligam os gestos e as coisas. Quem diria que, por causa de uma simples chapada, um velho se havia de decidir a arrebentar com a vida, e que, devido a isso e a um papel com o selo de Sua Majestade, a rainha dos britânicos, se juntariam para o perder 800 e tantas armas?

Tudo está ligado a tudo – dizia Severino –, às vezes, de uma forma óbvia, ao ato segue-se o efeito. Mas quase sempre são tantas as causas para um só evento que determiná-las não é apenas moroso: é gratuito! Não nos peçam pois reflexão, não digam de Ndunduma que foi precipitado, que não pensou. Ele fez o que tinha a fazer. O que se seguiu aconteceu desse modo como podia não ter acontecido. Claro que aconteceu por causa dele; mas aconteceu também para além dele. E Ndunduma cumpriu-se, Ndunduma ao menos, trovejou...

Isto dizia Severino; mas não se pense que, por o dizer, fosse o jovem fatalista; inteiramente entregue aos braços do destino. É certo que gostava de se afirmar desta maneira. Dizia mais: sou um vadio da vida; ando na vida a cirandar à toa.

E Judite escutava isto, ou os ecos empobrecidos disto, e pensava com desalento: aconteci-lhe, aconteceu-lhe na vida tropeçar em mim! E mais se entregava ao seu desânimo, mais triste se desfazia em prantos. Até Adolfo falhara da missão de que o incumbira. Agora até Adolfo a vinha consolar, tentar convencê-la que era melhor assim:

– O Ferreira é um homem bom e gosta de ti. Vai te dar de tudo; vai te fazer feliz...

E Judite chorava. Acreditava nas blagues do jovem sofista. E embora o sentisse também apaixonado temia a inconstância dessa paixão:

– Por que é que gostamos de um homem se não gostamos de maneira como ele gosta de nós?

Ainda Judite não conhecia Severino (ficando deste modo provado ser possível amar o que se não conhece), ainda não aprendera a distinguir no que dizia o rapaz aquilo que era autêntico do que devia ser tomado como simples retórica, artifício de pensamento ou de linguagem. Porque Severino era assim: sucumbia facilmente à tentação de construir paradoxos pelo simples prazer do raciocínio. O jogo consistia em tornar lógico, irrespondivelmente lógico, aquilo que era manifestamente absurdo. E Severino estava de tal modo viciado neste exercício que por vezes já nem se dava conta de que o praticava; por vezes chegava a acreditar nas suas próprias construções.

3

Em novembro de 1891, desesperada com a indiferença de Severino, Judite capitulou. Disse que sim ao seu pai, disse que sim ao radiante Carmo Ferreira, cujo, de traje novo e barba aparada, parecia remoçado uns bons dez anos; ninguém diria que tinha chegado à casa dos 40. Marcou-se a cerimônia para daí a dois meses na Igreja de Nossa Senhora do Carmo. Seria festa grande, de uma semana, quitoto[31] e batuque para o povo lá fora; champanhe, n'gaieta tocando lá dentro. Banquete de ficar na História, desses de "coma e arrebenta e o que sobra vai no mar".

E entretanto Severino? Severino fingia para si e para os outros que o não preocupavam tais notícias. Mas confessava ao paciente Adolfo ser um homem tramado pelo destino:

– Os astros conjuraram-se contra mim; tenho má miondona[32]. E depois, Adolfo, sou pessoa de inquieta muxima. A tua irmã quis o velho? Pois que fique com o Velho. Vai lhe dar um futuro tranquilo, poucos filhos, nenhuns desgostos. Não falando da herança, claro, alguns trinta contos de réis.

Adolfo ouvia, ria-se, não se ofendia. No fundo sabia que aquilo era só fogo de vista. Severino estava magoado, revoltado; impossível saber o que sairia dali...

---

31 Bebida alcoólica resultante da fermentação do milho.
32 Espírito tutelar.

4

A *soirée* havia sido uma ideia do governador geral, uma amável oferta às senhoras de Luanda. Os largos salões do palácio do governo estavam ricamente iluminados; iluminados também os belos jardins, um excesso de luz a derramar-se lentamente até às Ingombotas, até ao mercantil coração da cidade baixa.

Criados hirtos nos seus trajes negros passavam com bandejas pelas mãos, distribuindo bebidas e aperitivos. O maestro Ribeirinho, voltado para a sua orquestra, preparava-se para tocar uma mazurca. Flutuava na sala um delicado rumor de vozes; de bloco de notas e caneta em riste, o loiro Augusto Mayer, nas suas funções de folhetinista do semanário charadístico O *Serão*, ia de grupo em grupo recolhendo ditos interessantes, mexericos e galanteios, enquanto repetia na sua vozinha perfumada:

– Cheira a civilização, sim senhor! *C'est ça la civilization!*

Adolfo, que viera acompanhado do seu velho pai, de Clarinha, deslumbrante na juventude dos seus 20 anos, de Judite e do Carmo Ferreira, corria os olhos em torno, como um lobo defronte de um rebanho, a escolher a vítima. Conhecia quase toda a gente: ali estava a ruiva Irene Lima, desvairada senhora do Lima da Alfândega, e Beatriz, a filha do comendador Ferrão, nervosa como uma égua de raça, e a cafusa Teresinha dos Santos, a acenar-lhe com a mão enluvada, a viúva mais apetecida de Luanda.

De repente os seus olhos estremeceram. Olá, uma presença nova. E que presença, Jesus! Um corpo de cortar a respiração: esguia, elegante, o corpete justo a deixar adivinhar uns seios pequenos, redondos e firmes. Olhos largos (negros, talvez); um sorriso úmido num rosto muito pálido, de linhas perfeitas. Estava de braço dado a um cavalheiro magro, de queixo quadrado e curto bigode, porte militar, e parecia distraída ou entediada.

Uma palmada nas costas quebrou-lhe a contemplação. Era o rotundo Marimont que lhe seguira o olhar; ria-se:

– Veja lá, D. Juan, tenha cuidado, que esse não é peixe para o seu anzol.

Adolfo interessou-se. Então o amigo Marimont conhecia a deusa. Que dissesse logo tudo o que sabia.

Marimont riu-se de novo. Fez-se rogado:

– Atenda ao que lhe digo: olhe que quem brinca com o fogo...

E depois, melancolicamente, pôs-se a explicar que o cavalheiro era o senhor Sebastião de Souza Dantas Barata, comissário régio, em Luanda com o objetivo de proceder à delimitação das fronteiras ocidentais na sequência do tratado com os belgas. Adolfo impacientava-se:

– Pois sim, pois sim, mas a senhora?

Marimont lançou-lhe um olhar reprovador. Seguidamente chamou um dos criados, serviu-se de um cálice, e continuou no mesmo tom de voz:

– Militar, já se vê. E deputado! Orador brilhante, robusta inteligência. Homem de grande coragem e luminoso futuro. Um tanto impulsivo, não admite nunca que o contradigam. Odeia jornalistas e já espancou alguns.

– E numa risada alegre: – Tem fama de assassino; dizem que passa a vida a fazer inimigos com o objetivo único de os estripar em duelo.

Adolfo não se conteve mais:

– Pronto, já percebi. É outro bárbaro! Um canibal de cartola! Mas, e a dama? É a dama que eu quero conhecer. Quem é ela?

– Essa agora! – Marimont encolheu os ombros.

– É a senhora Dantas Barata, já se vê!...

E foi preciso Adolfo explicar miudamente que o que pretendia saber não era apenas o estado civil da senhora:

– O que eu quero que o amigo me diga é o que se diz dela. Entende?

Marimont não entendia:

– O que se diz dela? Pois o que se há de dizer?! É a esposa do senhor Dantas Barata, comissário régio, par do reino, deputado às Cortes...

Adolfo não insistiu mais. Deixou-o e foi ter com o doutor Alfredo Trony, que vinha entrando de braço dado a um sujeito de aspecto grave, a quem apresentou como sendo um primo seu, da metrópole. Ao saber da conversa havida com Marimont, Trony deu uma gargalhada e, em seguida, afagando o espesso bigode, declarou que se Adolfo fazia forte ensejo nisso ele próprio lhe apresentaria a bela Ana Maria:

– Mas não se aventure demais. O marido é realmente uma fera. E embora dela se diga que sabe iludir-lhe as vigilâncias, penso que é melhor não arriscar. De resto é gente bronca e preconceituada, tenho a certeza que você não terá gosto nenhum em os conhecer.

Adolfo perturbou-se ao ouvir estas últimas palavras. Sabia o que o advogado queria dizer com elas: cada vez havia mais europeus animados do preconceito da cor. Antes porém que tivesse tempo de pedir mais explicações, Trony adiantou-se arrastando-o consigo:

— Os meus respeitos, minha senhora — e beijava os dedos da formosa dama. — Como vai, senhor comissário? Permitam-me que lhes apresente um amigo meu, ilustre filho desta terra, o senhor Adolfo Vieira Dias.

Adolfo curvou-se numa pequena vênia. Sentia postos em si os olhos curiosos do casal. Quando levantou a cabeça adivinhou mesmo no temível par do reino uma certa estupefação. A mulher, contudo, parecia mais divertida que surpresa. Foi ela a primeira a responder ao cumprimento:

— Encantada — e de imediato para Adolfo, como se lhe ocorresse qualquer coisa —, o cavalheiro é caçador de jacarés?

Adolfo ficou varado. Esperava tudo menos semelhante pergunta. Nunca na vida caçara jacarés! Era público o seu desamor pela caça. Contudo, desejoso de agradar, respondeu que sim, quando mais novo dedicara-se a semelhante prática.

A deusa soltou uma gargalhadinha, os olhos brilhantes. O marido, a seu lado, empertigou-se mais, franziu o sobrolho, e rogando o perdão dos cavalheiros afastou-se levando-a com ele.

— Você tem razão — disse Adolfo —, este homem é perigoso. Mas ela vale bem todos os perigos... Mesmo os jacarés!

5

Seriam quase três horas da manhã e muitos pares valsavam ainda no grande salão do palácio do governo.

Ribeirinho, agarrado à batuta, suava abundantemente, o revirado bigode a murchar-lhe sobre os lábios finos.

Judite estava quietamente sentada e sorria com o seu ar distante, quando Clarinha, a seu lado, lhe apertou o braço: Severino estava diante da porta, junto à orquestra, desgrenhado e trágico como uma assombração. De repente viu-as, e, sem hesitar, dirigiu-se para elas. Afastou com a mão o surpreso Carmo Ferreira e parando defronte do velho Vieira Dias anunciou que estava ali para lhe pedir a mão da menina sua filha. Vieira Dias teve um estremecimento, levantou o braço num gesto de ameaça e depois, apontando para a porta:

– O cavalheiro está bêbado. Saia daqui!

Severino permaneceu impassível:

– Estarei talvez bêbado mas sei muito bem o que digo. Vim aqui para cumprir o meu dever. Judite espera um filho meu...

Carmo Ferreira (pálido como um cadáver) virou-se para a jovem e, vendo-a de olhos baixos, as mãos apertadas contra o peito, murmurou apenas: "estou desgraçado!". E saiu da sala tropeçando nas pessoas, quase a correr, num desespero de quem deixa atrás de si a própria vida.

6

Dantas Barata, de florete na mão direita, a esquerda atrás das costas, avançava e recuava pela sala numa dança nervosa de jovem felino:

– Segunda, guarda em terceira, aponta, afundo! – e num salto terrível mergulhou contra o suposto adversário. – *Touché!*...

Este último gesto apanhou Marimont desprevenido. Como que atravessado pelo aguçado ferro, o comerciante levou a mão ao estômago e cambaleou para trás. Dantas Barata lançou-lhe um olhar de desprezo e sem sequer deter o exercício repetiu que o mandara chamar para ter com ele conversa de interesse mútuo.

– O senhor é tido como um dos comerciantes mais prósperos desta colônia. Ora, eu sei que essa prosperidade lhe advém, em grande parte, do comércio de armas e de pólvora com o gentio do interior. Comércio nocivo, na minha opinião...

Aqui Marimont estremeceu, balbuciou que não percebia como.

– Eu lhe digo como. – Dantas Barata fazia agora pequenas flexões de pernas. – É nocivo porque coloca em mãos selvagens armas que poderão no futuro ser utilizadas contra nós. Mas, enfim, se fosse apenas você a fazê-lo isso não me preocuparia por aí além.

E o terrível deputado, voltando-se finalmente para Marimont, explicou que o que mais o preocupava era saber que por todo o sertão havia aventureiros a comerciar armas com os indígenas, e não só grosseiros canhangulos mas também armas finas de carregar pela culatra.

– É preciso controlar este comércio! O que só será contudo possível com a estreita colaboração de homens como o senhor. De que maneira? Você é rico e tem bons amigos, pode publicitar nos jornais opiniões contra essa gentalha que vagueia impune pela colônia; e contra as missões estrangeiras, esses padres imbecis que pretendem catequizar os negros com o único objetivo de os levantar contra nós; também eles vendem armas!

E Dantas Barata, aproximando-se mais do aterrado Marimont, continuou com ares conspirativos:

— É preciso que homens como você estejam do nosso lado. Do lado da lei. Do lado da grande pátria de Camões. Coisa que me apavorou quando cheguei a esta cidade foi ver a posição que aqui desfrutam os pretos e os mulatos. Há-os por todo o lado: entre a gente de bem, nas ruas, nos serviços públicos, até mesmo nas festas mundanas, no palácio do governo! É preciso também acabar com isto! Faça o que lhe digo, ponha-se do nosso lado. Seria muito aborrecido se amanhã nos víssemos forçados a promulgar legislação que proibisse todo o comércio de pólvora e de armas. Seria muito aborrecido para comerciantes honestos, como o senhor...

Marimont concordou com a cabeça; estava francamente perturbado. Dantas Barata passou-lhe o braço pelas costas, acompanhou-o até a porta:

— O que é preciso vender aos negros é álcool e intrigas.

7

O casamento de Judite e Severino foi uma cerimônia muito simples. Apenas compareceu a família mais chegada e uma meia dúzia de sinceros amigos. O velho Vieira Dias, no entanto, recusou-se a ir. Após a festa no palácio do governo fechou-se em casa e nunca mais saiu. Não falava com ninguém.

Carmo Ferreira, por seu turno, desapareceu de Luanda. Diziam que estava na Barra do Quanza, em casa do poeta Cordeiro da Matta, seu amigo de muitos anos. Mas, em março de 1892, três meses depois do casamento, Caninguili recebeu uma carta datada de Moçâmedes e onde o comerciante lhe pedia que fizesse chegar ao filho determinada quantia em dinheiro. Estava preocupado porque soubera que o miúdo perdera o emprego; Antoninho, o farmacêutico, já não queria mulatos a servir os seus clientes!

Foi também por essa altura que Adolfo reencontrou Ana Maria. Dantas Barata estava de volta a Luanda e mais uma vez a trouxera consigo. A bela lisboeta, contudo, aborrecia-se mortalmente na solidão do palacete onde o marido a encerrara: entediava-a também a cidade, com o seu calor abafado, as suas ruas sujas, o seu ar de desleixada matrona mulata adormecida ao sol.

Adolfo encontrou-a no escritório do doutor Alfredo Trony, onde ela fora acompanhar a esposa do ilustre advogado e jornalista. Mal o viu perguntou-lhe animada se não voltara a caçar jacarés. Depois, com um sorriso *coquette*, começou a insistir para que Adolfo a levasse consigo na próxima caçada:

– Sim, sim, eu não saio deste horroroso país sem conhecer as emoções da selva. E voltando-se para Trony esforçava-se por conseguir o seu apoio: – Podíamos ir todos: o senhor doutor, a Genoveva, toda a gente.

Falava da caçada como se se tratasse de um simples piquenique. "Esta mulher é doida", pensou Adolfo, ao qual, no entanto, seduzia aquele entusiasmo de menina estouvada. Por fim lá a conseguiram dissuadir, mas apenas após Trony ter sugerido, como alternativa, uma viagem de barco pelas águas do Quanza.

– Aluga-se um palhabote ao Saturnino de Souza e, se o marido de Vossa Excelência concordar, podemos todos fruir de uma esplêndida viagem até uma das praias do lado de lá do rio.

8

Ana Maria era bela, fogosa, e odiava o marido. Casara muito nova por iniciativa do pai que a queria bem casada. E de início julgara poder vir a amar Dantas Barata: este tinha uns dez anos a mais do que ela, fama de homem valente e sabia conversar. Rodeavam-no muitas mulheres. Na intimidade, contudo, depressa se revelou ainda mais autoritário do que costumava ser em público: tratava-a como se ela fosse um dos seus praças; tinha o exagerado culto da ordem e da dignidade. Nunca se ria porque o riso era, em sua opinião, atitude apenas própria de crianças e de imbecis. O amor parecia desgostá-lo e, quando o fazia, fazia-o como quem cumpre um ato triste mas necessário.

Ao fim do primeiro ano de matrimônio já a desditosa alfacinha alimentava pelo marido um sentimento poderoso de medo e aversão. Mais aversão do que medo. O seu primeiro amante fora um dos melhores amigos de Dantas Barata. E depois desse houvera muitos outros. Precisava deles. Precisava de se sentir admirada, desejada; precisava deles para conseguir enfrentar o desprezo monstruoso do marido.

A viagem a Luanda fora-lhe propícia. Na verdade, as suas frequentes aventuras começavam a tornar-se gostoso pasto para as bocas ruins da capital do reino, e nem era bom imaginar o que poderia acontecer se, por exemplo, o veneno de uma carta anônima acabasse chegando às mãos assassinas de Dantas Barata. A sua ausência quebraria esses rumores, outros escândalos haviam de surgir para substituir os seus, que Lisboa estava cheia de mulheres malcasadas e de providenciais sedutores.

9

Dantas Barata declinou sem explicações a proposta do doutor Alfredo Trony: não, não queria conhecer o Quanza. Mas também não se opunha ao capricho da esposa:

– Ela quer passear de palhabote Quanza acima? Pois que vá!

O comissário enfadava-se com a mulher. Queria-a consigo como um adorno necessário nos acontecimentos mundanos; no resto desinteressava-se dela. Ademais julgava-a inteiramente submetida, não pelo respeito, mas pelo temor. Nunca lhe ocorreu que Ana Maria pudesse ter amantes, parecia-lhe demasiado estúpida e demasiado fraca para se aventurar a tal.

Para cavalgar o dorso do Quanza é necessário embarcação sólida e marinhagem experiente. O rio é enganador. Corre por vezes muito tempo malembelembe[33], como enorme lagarto entontecido pelo sol, e depois, sem

---

33 Lentamente.

aviso, engrossa; raivoso trepa pelas margens, devora pedras, árvores, homens e caminhos.
Nesse dia esteve sempre bom, manso cavalinho.

Ana Maria olhava os pássaros, os coqueirais a debruar as margens, e batia as palmas de infantil contentamento. Ao lado dela Adolfo ia contando estórias: como aquela do jacaré que certa manhã quase o desfizera. Dizia também das crenças do povo. Falava das quiandas, que são como as sereias e moram no fundo das águas; e falava da quilamba, pessoa que sempre se denuncia porque tem uma bossa na cabeça ou os dedos da mão recurvados para trás, e é como que o intérprete dos sonhos das quiandas: conhece a língua delas e a cura para todas as maldições, seja ainda doença, praga, estiagem ou infestação de feras. Por fim disse-lhe desse solitário Deus dos grandes rios, o qual tem a forma de uma jiboia monstruosa, e em Luanda se lhe dá o nome de sucoyo-bába, e os luenos lhe chamam calunga-yá-meia, e os quiocos muéne-zambi-ya-meia e os luchases e os bundos muéze-zambi-ya-mema.

Ao fim da tarde, no regresso a Luanda, já Adolfo vinha perdidamente apaixonado. E Ana Maria trazia uma angústia nova a crescer no peito. Sentia, de forma confusa, que aquele era um jogo perigoso. Mas o sorriso do luandense agradava-lhe contra todas as recomendações, fazia-lhe esquecer regras, normas, etiquetas e preconceitos. Olhava-lhe os ombros largos e subia-lhe ao rosto uma onda de calor. Nervosa sacudia o leque; apertava-o entre os dedos úmidos. Temerosa que Trony ou Genoveva notassem a sua perturbação repetia frivolidades, murmurava queixas contra a inclemência do sol.

10

Foi em fins de abril que o escândalo rebentou. Era um sábado, oito horas da noite, e caía uma chuva forte, aquela que seria a última chuva antes do cacimbo, como bem fez notar vavó Uála das Ingombotas, que em tudo via presságios e de tudo se servia para as suas adivinhações. Na sua loja Caninguili tratava Severino de um panarício no dedo grande do pé quando, de repente, Adolfo entrou correndo, encharcado e descomposto e gritando em quimbundu que o iam matar. Severino, que já suspeitava do envolvimento do cunhado com Ana Maria, anteviu a tragédia e correu a buscar armas e ajuda. O barbeiro, aflito, levou Adolfo para o seu quarto e, inteirado do sucedido, partiu depois à procura de Trony, que tinha merecida fama de homem conciliador e era respeitado em toda a cidade.

Quando regressou, na companhia do advogado, já Severino se encontrava na loja – de pistola em punho – e com ele o filho mais novo de Fontes Pereira, Almerindo, e ainda o gigantesco Narciso Galeano, também conhecido por quinzári[34] ou quebra-tolas. Adolfo, contudo, tinha desaparecido.

Com o céu a desfazer-se em água, súbitos relâmpagos a estilhaçar a noite, partiram então os cinco para casa dos Vieira Dias. Severino muito nervoso, rosnando baixo palavras podres, ruins pressentimentos:

---

34   Monstro mítico, com grandes pés humanos.

— Sukuama! Querem lá ver que o D. Cornudo nos apanhou o homem?

Em casa dos Vieira Dias a inesperada visita trouxe surpresa e apreensão. Adolfo havia saído de manhã e ainda não voltara. Às pressas aparelhou-se um carro, e lá foram os cinco, e mais alguns criados, a correr Luanda, amigos e conhecidos, deixando dona Sensi a desfiar ave-marias; o velho Hipólito de cama, com uma dor no peito.

No Café Paris já se sabia da estória. Ou melhor, sabia-se que alguma coisa acontecera. Mas as versões eram muitas e muito diversas, uns garantindo que Dantas Barata matara Adolfo a tiro, outros asseverando que fora a esposa que ele matara. Ainda outros dizendo que Adolfo conseguira escapar com a adúltera e estariam ambos refugiados numa das muitas propriedades do velho Hipólito. Havia mesmo quem dispusesse de minuciosos detalhes do crime e até das escaldantes cenas que teriam precedido o cujo.

Todos os rumores concordavam porém num ponto: em que Dantas Barata surpreendera os dois amantes em flagrante delito (na prática daquilo a que Severino chamava os movimentos divinos) e que perseguira Adolfo na propalada intenção de o matar. Isto estava correto, fora o próprio Vieira Dias quem o confessara a Caninguili. O resto eram confusas inverdades que nada adiantavam sobre o paradeiro de Adolfo e o destino da infeliz Ana Maria.

11

Mais tarde saber-se-ia que durante toda essa noite e nos três dias seguintes estivera Adolfo escondido em casa de vavó Uála, sua antiga ama de leite e, na altura, já próspera adivinhadeira. Depois, e isso ninguém o desconhece, o velho Hipólito arranjou maneira de o embarcar para o Brasil, de onde Adolfo só haveria de regressar no último dia do último mês do último ano do século XIX.

Saber-se-ia também que agentes de Dantas Barata haviam sido postos de vigia frente às casas dos Vieiras Dias, dos Souzas, do doutor Alfredo Trony, da loja de Caninguili e junto ao Café Paris, com ordens para caçarem vivo o infeliz sedutor. Dantas Barata queria ser ele próprio a fazer justiça! Frustrado este intento, o irascível comissário régio deixaria Luanda uma semana após, sem que ninguém o tivesse visto partir. Da aluada Ana Maria nunca mais se teve notícias; dele, por desgraça, foi havendo sempre. Em particular chegou a Angola o seu célebre discurso de 7 de fevereiro de 1893, na Câmara dos Deputados. Nesta vibrante peça oratória, que O *Comércio de Angola* publicou sem comentários mas com a resposta de Ferreira do Amaral, ministro da Marinha, insurgia-se contra o fato de se aplicar nas colônias legislação criminal idêntica para europeus e indígenas; de se não haver ainda regulamentado o trabalho dos negros, "por natureza indolentes, bêbados e ladrões e portanto incapazes de se amoldarem espontaneamente ao trabalho", e de se continuar a permitir a existência de uma imprensa à frente da qual se encontrariam "sujeitos por via de regra iletrados, para não dizer analfabetos, recrutados entre os funcionários de costumes duvidosos, e entre os mestiços de cadastro ainda pior".

O valente deputado procurava assim limpar com insultos – já que com sangue o não pudera fazer – a sua honra de cavalheiro distinto; aliviar-se do insustentável peso que sentia amarrado à testa, e lhe forçava a vergar a cabeça, como todos os bichos de grandes armações.

12

Carmo Ferreira reapareceu em Luanda pela mesma altura em que César Augusto, tendo atingido a maioridade, se incorporava ao batalhão de caçadores número cinco, o seu sonho de sempre. O comerciante vinha velho, fúnebre, e trazia uma barba eriçada a cair-lhe pelo peito, o que lhe dava a aparência de um remoto profeta, saído de muitos anos de deserto, silêncio e orações.

Quando soube da decisão de César Augusto enfureceu-se, gritou muito (ele jamais gostara de militares) e, por fim, fez saber a toda a gente que o rapaz deixara de ser seu filho:

– Não o conheço! Não conheço empacaceiros[35], chefes de empacaceiros!

César Augusto, a quem foram contar isto, não pareceu perturbar-se grandemente. E a 4 de abril de 1893 embarcava com destino a Novo Redondo na expedição que sob o comando de Padrel tinha por missão reduzir a cinzas os verdejantes ilhéus da Sanga.

A Sanga: essa espécie de quilombo[36] cujo simples nome magoava o orgulho do império, como agudo espi-

---

35 Soldados indígenas.
36 Aldeia de escravos fugidos.

nho cravado no seu dorso. Durante anos e anos para ali tinham convergido antigos escravos, amboins fugidos a sobas despóticos, desertores, mercenários e aventureiros, toda a casta de homens sem lei, sem pátria e sem abrigo. Unia-os um mesmo ódio amargurado aos comerciantes e plantadores de Benguela Velha e Novo Redondo, ao chicote e à palmatória, ao cheiro do incenso e à bandeira lusitana. Na boca do rio Queve, a uns 50 quilômetros de N'gunza, constituíram estranha república de várias centenas de homens armados, endurecidos pelos maus tratos e dispostos a tudo porque, descontando a vida, nada já tinham a perder.

Chefiava a república um antigo serviçal de nome Nhati, figura necessariamente terrível e manhosa, pois só com predicados destes se consegue governar um ninho de quissondes[37].

Esta primeira expedição à Sanga foi para o moço Magombala infeliz batismo de fogo. De fato, a despeito das consideráveis forças militares de que dispunha e do apoio tribal recebido, o invencível Padrel foi derrotado à primeira investida. Saldo do ataque: um morto, três desaparecidos e diverso material bélico perdido para as mãos dos rebeldes. Três meses depois, a 14 de agosto, Padrel retornava a Novo Redondo. E mais uma vez por mar, que as terras da Quissama eram perigosas e nada se sabia das colinas do Amboim. Desta feita conseguiram reunir seis oficiais, 250 caçadores, 16 artilheiros e 196 soldados de segunda linha, mais dois canhões e uma metralhadora.

---

37 Formigas guerreiras.

Vieram juntar-se-lhes 300 homens do soba D. José Ganda e ainda 200 de outros régulos de menor importância. Sem contar com os carregadores seriam, pois, perto de um milhar de homens.

Já em Luanda, Magombala haveria de contar (toldado pelo álcool e pela febre da glória) dos muitos tiros trocados, das pontes lançadas sobre as ilhas rebeldes, da gritaria dos feridos e das mulheres violadas. Mas haveria de contar mais: por exemplo, que se no dia 21 não houvesse chegado do interior um sertanejo com 600 guerreiros talvez a república não houvesse sucumbido. E mais, com os olhos nublados contaria que entre os defensores da Sanga havia também mulatos, e que até um branco fora visto a escapar-se para o interior do rio. E que com esse branco estava um negro alto e feio, e que esse negro era, seguramente, Rocha Camuquembi!

Inútil dizê-lo, esta inesperada revelação provocou enorme alvoroço entre o pequeno grupo dos radicais autonomistas, os quais reencontravam assim os seus heróis diretamente envolvidos numa aventura que, à boca pequena, muitos se atreviam a considerar a primeira batalha de uma guerra pela independência política da colônia.

Aos protestos do bom Caninguili, para o qual a Sanga não era mais do que um velhacouto de bandidos, respondia Pedro da Paixão Franco recusando-se a adjetivar desse modo escravos fugidos à violência do chicote, amboins escapados à fúria de sobas despóticos, idealistas evadidos das prisões de Luanda:

– A Sanga transformou-se na pátria de todos os perseguidos, de todos os ofendidos, de todos os humilhados. Viviam nela gentes de diferentes tribos, serviçais e homens da cidade. E o que tinham de comum entre eles era o mesmo combate contra o muene puto, a mesma funda ânsia de liberdade. E é isso que nós queremos também...

13

Urbano de Castro e o velho Hipólito Vieira Dias faleceram ambos nas vésperas do Natal de 1893. Estranha coincidência de datas e de mortes que surpreendeu Luanda e levou vavó Uála das Ingombotas, por essa altura já completamente cega, a interrogar os calundus[38] e, através deles, a adivinhar a chegada dos tempos ruins.

Depois que os seus olhos se perderam para a luz, vavó Uála passou a conversar mais com os espíritos. Quando a viam esquecida, cochilando dentro dos seus panos pretos, já toda a gente sabia que a velha estava de cazuela[39] com algum diculu[40], algum alguém dos seus tempos de quilumba e moça.

Cega assim, vavó Uála conhecia no entanto todos e cada qual pelos respectivos cheiros, e era capaz de distinguir as cores das coisas através da diferença de temperaturas:

– O preto sempre é mais quente – falava em seu quimbundu antigo –, o branco sempre mais frio, verde frio pouco, vermelho morno...

---

38 Espíritos.
39 Conversa.
40 Espírito jovem.

O rosto escuro, cortadinho de miúdas rugas, tinha a tranquilidade de um grande lago ao sol do meio-dia. Vavó Uála nunca se enganou nos seus presságios:

– Estão a chegar os tempos ruins!

Disse. E estava como sempre tranquila quando disse assim.

CAPÍTULO QUARTO

Neste capítulo se vão cumprindo os sombrios presságios de vavó Uála das Ingombotas; e se vão também semeando os ventos da revolta; as sementes da esperança.

Capítulo onde ainda se consumam algum amores tardios e se toma conhecimento de uma carta vinda de Malange.

Quando está Angola toda levantada: é o Libolo, Cabinda, a Lunda, Cameia, o Humbe, os Dembos, o Solongo, e tantos outros nomes que a mão de Portugal cobriu de cinzas.

"[...] Consta que um tal Erikson percorre o planalto de Moçâmedes vendendo armas finas de carregar pela culatra; simples desvio de direitos? Não, trata-se de verdadeiro contrabando de guerra!

"Exijamos do governo que providencie medidas rigorosas, pois disto vem um grande mal para o país e para os comerciantes portugueses.

"Fora com os estrangeiros iníquos! Seja este o nosso protesto!"

(De um folheto distribuído em Luanda
por Joaquim Marimont em 1898.)

1

O comboio já passara N'Dalatando, passara Ambaca, quimbos novos a nascerem atrás de si, fazendas a brotarem de onde antes só havia mato ou escuros muxitos: era o progresso a penetrar o interior de Angola!

Para Pedro Saturnino de Souza esse progresso tinha o sabor amargo da derrota, nele se cumpriam os desgraçados presságios de vavó Uála. Ezequiel desfizera a sociedade que mantinha com ele e dedicava-se agora, em exclusivo, ao comércio de águas, abastecendo Luanda a partir do Bengo. Desafortunadamente também o mesmo progresso iria arruinar este negócio. E Ezequiel.

Entretanto era Pedro Saturnino que via fugirem-lhe os clientes: ficava mais em conta transportar a borracha, o café ou o algodão através da serpente de ferro; e era mais rápido e mais seguro. O comerciante achara-se na necessidade de vender três dos seus palhabotes ao cada vez mais gordo, próspero e distante Marimont. Pensou então em mudar de vida, em investir o capital que lhe restava na compra de terras ou na construção de uma pequena indústria; talvez numa loja de permuta com os indígenas. Sentia-se porém falho de forças, o peso dos anos a dobrar-lhe as costas. Acresce que as novas leis, ao mesmo tempo que beneficiavam os colonos portugueses, dificultavam a ascensão dos naturais do país.

Intimamente começava a dar razão ao louco do filho; cujo, de resto, já nem estava tão louco assim. As novas responsabilidades de marido e de pai (porque Severino era já pai de dois belos rebentos) tinham-no modificado muito: arranjara emprego como amanuense numa repartição da Fazenda, deixara a vadiagem e a poesia e recuperara inclusive o humano hábito de dormir. Mas o sinal mais claro de que Judite lhe estava amansando o espírito deu-o o moço ao procurar humildemente Carmo Ferreira para lhe rogar desculpas e o favor da sua amizade. A cena, dizem, foi comovente: de início o velho Ferreira nem o quis receber. Era porém homem de coração doce e acabou abrindo os braços a Severino. A partir daí foram carne e osso; irmãos siameses não seriam mais unidos.

Luanda também se modificara nesses três anos que haviam decorrido desde o envergonhado casamento de Judite e Severino. A cidade crescera muito, sobretudo para o interior, e era cada vez mais frequente encontrarem-se pelas ruas caras desconhecidas. Na verdade todos os meses chegavam do reino novos colonos, na sua maioria gente simples, com sonhos de fortuna a fermentar na alma. E continuavam também a chegar, ao ritmo de sempre, ladrões, prostitutas e assassinos.

Pedro Saturnino de Souza começava a dar razão ao filho: se anulassem as taxas sobre os produtos de importação, se aplicassem o dinheiro gasto nas guerras contra o gentio para o fomento do comércio ou a construção de escolas; se fosse possível acabar com a praga dos degredados; se, enfim, os filhos do país viessem algum dia a tomar nas suas mãos os destinos de Angola talvez as coisas, mudando em favor dos angolenses, mudassem também em seu favor. E a vida lhe recomeçasse a sorrir...

Pedro Saturnino de Souza levou muito tempo a pensar em tudo isto. Ao fim desse tempo foi ter com o filho e teve com ele uma grande conversa.

2

Nesses anos de fim do século, em Luanda, havia duas festas verdadeiramente importantes: o Carnaval e o Quinze de Agosto. O Carnaval enchia as ruas de música e de gente. Os dançarinos desciam dos musseques, das Ingombotas, vinham de comboio desde Cassoalala, em longas caravanas desde Catete, de vapor desde a Barra do Quanza. Vinham vestidos de muitas cores e derramavam-se pelas ruas num batuque frenético, a agitar bandeiras e a soltar flores. Vinham massembando[41] pelas ruas, os quadris soltos a marcar o ritmo, as mãos no ar, assoprando apitos, agitando pandeiros, raspando dicanzas, vibrando puitas. Tal como ainda hoje, o Carnaval era sobretudo a grande festa dos pobres, e os ricos limitavam-se a assistir a ela do alto das suas varandas.

A festa da restauração tinha diferente natureza, como facilmente o perceberia quem estivesse naquele domingo, 13 de agosto de 1895, no largo do palácio do

---

41 Dando umbigadas.

governo. Toparia primeiro com as belas fitas coloridas presas às árvores, e com as duas barraquinhas mandadas construir pela Câmara Municipal, para aí instalar o bazar e a quermesse. "Em benefício das igrejas pobres desta província", como explicaria o senhor bispo no solene ato de inauguração das ditas. Presentes o senhor governador geral, diversos chefes de distrito, o major Catela do Vale, o tenente coronel Lourenço Justiniano Padrel, o senhor conselheiro Godins, ou seja, as personagens de maior relevo na vida política e social de Angola.

À inauguração da quermesse seguiu-se uma série de provas velocipédicas, a primeira constando de tripla volta em torno do largo ou, em alternativa, 370 metros de carreira; a segunda de uma volta com obstáculos e a terceira, com prêmios para todos os combatentes, baseada no jogo das argolinhas. As duas primeiras haviam de ser facilmente vencidas pelo miúdo do doutor Acúrcio Alves, cabiri embora, mas rijo como pedra, sujeito de antes quebrar que torcer. Coube à formosa Clarinha entregar-lhe os prêmios, dois objetos de arte, oferta do excelentíssimo e reverendíssimo senhor vigário geral.

À noite, na sala de entrada do antigo paço episcopal, a lanterna mágica fez, no dizer do delicado Augusto Mayer em reportagem especial para O *Sertão*, as delícias de miúdos e graúdos.

A festa prolongou-se pelos dois dias seguintes, na segunda-feira a partir das oito horas (depois de encerrado o comércio e as repartições públicas), na terça, feriado, logo a partir das cinco da manhã, com uma grande salva de 21 tiros, girândolas de foguetes e repiques de sinos. Ainda nesse dia 15 houve, às 11 horas, missa cantada na

Igreja da Misericórdia, procissão às 17, às 20 concerto pela banda de caçadores número dois e, finalmente, pelas 22 horas, leilão de prendas valiosas e estimáveis.

O ponto alto destas festividades ocorreu, como tradicionalmente, na tarde de domingo com o Concurso de Danças Africanas. O júri desse ano foi constituído por Luís Gomes de Carvalho Vieira, Ezequiel de Souza, Sebastião Van Dunem dos Santos, António Pereira Pacavira e, a estrear-se em tais funções, Severino de Souza. A Sociedade União e Recreio de Nossa Senhora da Vitória de Massangano arrecadou mais uma vez os 20 mil réis do primeiro prêmio, tendo sido considerada quer a mais decentemente vestida quer aquela que melhor executou as danças próprias da província.

Aparentemente, foi, pois, aquele Quinze de Agosto igual a tantos outros. Porém, para quase todos os que viveram os funestos acontecimentos do dia 16 de junho de 1911, tudo terá começado aqui. A mim, já o disse, parece-me que começou antes; a vavó Uála antes ainda.

3

O comendador Luís Gomes de Carvalho Vieira, presidente do júri do concurso de danças africanas, acabara de pôr fim ao certame e os bailarinos começavam a dispersar pela praça, misturando-se com a multidão, quando Paixão Franco se chegou a Severino e lhe murmurou qualquer coisa. Depois ambos se dirigiram para a estátua de Pedro Alexandrino, onde já se encontravam Carmo Ferreira, Saturnino de Souza, o miúdo Zeca

Alves e o hercúleo Narciso Galeano. Os seis trocaram cumprimentos e, furando entre a multidão que enchia o jardim público, tomaram pela Rua da Misericórdia, na procura de um local onde pudessem conversar sem o risco de serem escutados. Acabaram optando por uma tasca não muito limpa mas, pelo menos, sossegada. E diante de um jarro de bom tinto português Severino dispôs-se a explicar os motivos por que marcara aquele encontro:

– Conheço bem cada um dos cavalheiros aqui presentes e todos da mesma forma me conhecem. Sei que nos movem idênticos sentimentos de amor à justiça e à mãe terra que nos viu nascer. Mas os tempos estão difíceis para os filhos de Angola. Somos tratados como estrangeiros dentro da nossa própria terra. Os portugueses desprezam-nos, humilham-nos, cospem-nos no rosto. Sem rodeios: todos nós pretendemos a independência. É preciso quebrar as cadeias! Mas como? Tenho conversado muito com um amigo meu e ambos chegamos à conclusão de que não é possível sacudir os portugueses de um só golpe. De momento não estamos preparados para isso.

– Mas então o que é que você propõe? – inquiriu o miúdo Zeca Alves, a ferver de impaciência.

– Não estamos preparados para isso – repetiu Severino a cofiar a pera –, temos de aprender a lição do salalé[42]: vamos trabalhar no silêncio, no interior da sombra. Vamos criar uma sociedade de homens corajosos e infiltrar com ela a máquina governativa, o aparelho militar e a igreja. Vamos ganhar força de mansinho; invisivelmente.

---

42 Cupim.

Vamos fazer de conta que estamos quietos e calados e que somos estúpidos e mansos como bois.

Os outros ouviam-no agora em perfeito silêncio, o rosto inclinado na direção da voz quente do mulato.

– Daremos o bote quando eles menos esperarem – e noutro tom: – Adolfo mandou boas notícias; há muita gente no Brasil disposta a apoiar a nossa causa. A Liga Republicana da Bahia quer enviar dinheiro. Os companheiros anarquistas asseguram o fornecimento de armas e explosivos.

– E os republicanos portugueses? – interrompeu Galeano. – Pois vós não acreditais que também eles nos ajudarão?

Pedro da Paixão Franco riu-se irônico:

– Há muitos republicanos a fazer aqui a apologia do ódio das raças. Alguns defendem mesmo o extermínio do preto e do mulato. Outros desejam a venda de Angola à Inglaterra porque, dizem eles, daqui só lhes chegam trabalhos e despesas. Não ouvi até hoje um único que defendesse a autonomia das colônias. E não digo isto para diminuir o ideal republicano; eu próprio, toda a gente o sabe, desejo ardentemente a república: a liberdade, a igualdade e a fraternidade!

Paixão Franco alargava os gestos num entusiasmo crescente:

– O cidadão Severino de Souza tem o meu apoio para o que for preciso!

Os outros fizeram eco com ele. Galeano ainda a protestar, conhecia republicanos portugueses que estavam do lado dos filhos do país. Por exemplo, Acácio Pestana, um velho barbeiro da sua terra de Benguela recentemente assassinado em razão, dizia-se, dos seus propagados ideais políticos.

4

Eram seis horas da tarde e o astro-rei declinava sobre as Ingombotas. Severino e Carmo Ferreira seguiam vagarosamente por uma das vielas, o primeiro galantemente vestido, de bengalim e cartola, o comerciante com botas altas e um largo chapéu de palha, a espessa barba a cair-lhe desgrenhada pelo peito.

À porta das cubatas, velhas muito velhas catavam com preguiça os últimos raios de sol. Uma moleca de ombros nus lançava o seu pregão alegre:

– Mbiji ya ukange ni falinhaaa![43]

Em torno aos dois amigos volteava um bando de garotos, na mira de um doce ou de uma esmola. Carmo Ferreira enxotava-os com ambas as mãos e logo eles regressavam, com mais entusiasmo do que antes:

– Não percebo nunca de onde sai tanto miúdo.

– Ora – riu Severino –, é mesmo da barriga da terra.

E logo, pondo-se sério, recomeçou a contar a Carmo Ferreira os recentes rumores segundo os quais o criminoso Antunes estaria em Luanda a convite do próprio governador geral. E falava-se do seu nome para chefe do conselho de Malange.

– Impossível! – o comerciante não podia crer em tamanho disparate. – Nunca se atreverão a tanto...

– Atrevem – disse Severino –, e é mais um com que nos teremos de haver. Entretanto o Galeano tem andado

---

43   Peixe frito com farinha.

a sondar os militares e, segundo ele, existirão quatro ou cinco oficiais dispostos a seguir conosco. E o miúdo Alves põe muita fé no Lima da Alfândega. É certo que nos poderia ser imensamente útil mas, com toda a franqueza, aquilo é bicho em quem eu não confio.

– Por que não? – admirou-se Ferreira. – Afinal ele foi um dos primeiros a falar em autonomia. Dizem mesmo que o manifesto de setenta e quatro terá sido da sua lavra!

– É possível, é possível. Esse panfleto era obviamente obra de um escravocrata. E é precisamente isso que me opõe ao Lima. Ainda recentemente ele espancou seis cabindas num dos armazéns da Alfândega; trata os trabalhadores como se fossem seus escravos.

– Isso é verdade – admitiu Ferreira, parando de repente diante de uma dessas características casitas de madeira, composta de três divisões, e com um sobradinho de primeiro andar no meio –, mas, diz-me uma coisa, não é aqui que mora a mucama do teu pai?

Severino confirmou com a cabeça.

– Mora. Duvido é que por muito mais tempo. O velho já não dispõe de meios para sustentar luxos deste tipo. E com um sorriso de malícia: – Queres fazer-lhe uma visita?

Foram os dois.

5

Carmo Ferreira desdobrava os panos; desdobrava-se em atenções:

– Veja este, nga muhatu[44], é chita da melhor. Pode ficar também com ele...
E juntava-o a um monte de outros panos, aos pés da radiante Josephine. Quando lhe visitara a casa com Severino, o comerciante surpreendera-se com a forma como a outrora débil rapariguinha crescera e se arredondara. Estava agora uma belíssima mulher, de seios generosos e coxas opulentas: uma rosa desabrochada, segundo Severino. Carmo Ferreira ficara de tal modo conquistado que insistira com ela para que lhe visitasse a loja. Josephine não fora logo. Tinha medo do velho Pedro; sabia-o ciumoso e violento. A vaidade, porém, acabara triunfando sobre o temor e, acompanhada das suas sete molecas, lá descera por uma manhã de sol até à Rua Direita do Bungo.

Carmo Ferreira mostrava-lhe agora garridos lencinhos para a cabeça; Josephine ajeitava-os à sua alta e perfumada quindumba e remirava-se ao espelho, fazendo tilintar os grossos cordões de ouro que trazia presos ao pescoço:

– Bonito! – murmurava enquanto à sua volta as molecas soltavam exclamações de agrado e admiração.

O comerciante enternecia-se, ia buscar novos panos: panos brancos, finamente bordados, aqueles em que primeiro se envolvem as senhoras de Luanda; panos de chita – que vêm a seguir; outros de riscado para usar sobre os segundos. Enfim as graves bofetas negras que dão o toque austero e misterioso à tranquila beleza das donas africanas desta nossa terra de São Paulo da Assunção de Luanda.

---

44   Senhora casada à "moda da terra", isto é, sem documentos.

6

Três dias após haver recebido a visita de Josephine, Carmo Ferreira viu entrar na sua loja o velho Saturnino de Souza. Trazia um traje de brim branco, botas altas e, na mão nervosa, um comprido chicote de cavalo marinho. Parou defronte do comerciante e, sem o cumprimentar, foi logo adiantando as razões da inesperada visita:

– Jacinto, sou teu amigo de há muitos anos. Quando chegaste a Luanda eras ainda um miúdo e fui eu quem mais te ajudou. E quando o Severino, que tu viste crescer, te roubou a pequena Judite, eu pus-me do teu lado contra ele.

Carmo Ferreira sentiu-se enrubescer. Por que lhe recordava o comerciante tudo aquilo?

– Julguei-te sempre uma pessoa honesta – continuou Pedro Saturnino de olhos baixos, batendo com o chicote no bico da bota –, mas pelo visto enganei-me.

Levantou a cabeça.

– Não te vou matar. Estou velho, cansado e quase falido. Não tenho já forças para carregar com a morte de um homem. E já não tenho também fortuna para sustentar Josephine.

Pedro Saturnino de Souza tinha os olhos úmidos. Com a ponta do cavalo marinho apontou a porta:

– Podes ficar com ela. Está lá fora...

E dizendo isto virou-lhe as costas e saiu da loja.

Carmo Ferreira deixou-se cair numa cadeira e escondeu a cara entre as mãos: sentia-se o último dos canalhas. Passado um pouco levantou-se com esforço e foi espreitar a rua. Josephine estava sentada numa espécie de pequeno palanque, de olhos baixos, e tinha à sua volta, quietas e silenciosas, as sete molecas que lhe oferecera o velho Souza. Espalhados por toda a largura do passeio, num desleixo de feira, acumulavam-se malas e malinhas, trouxas e caixotes e baús.

– Jesus! – exclamou o lojista. – Que faço eu de tudo isto?

7

O encontro havia sido marcado para as 23 horas na Ponta da Mãe Isabel, local ermo e de afamada ocorrência de maquixi[45], cassacambes[46] e quinzáris[47] e, portanto, muito pouco frequentado após a queda das sombras.

Narciso Galeano e Zeca Alves foram os últimos a chegar. À sua espera já se encontravam Severino e o seu velho pai, Carmo Ferreira, Paixão Franco e o Lima da Alfândega. Este último era um homenzito fusco de pele, o cabelo a recuar sobre a testa estreita, uns óculos de lentes redondas e minúsculas, como pequenos aquários dentro dos quais os olhos fossem dois peixinhos tímidos.

Severino e Carmo Ferreira tinham trazido homens armados que distribuíram em grupos de dois, a guardar a boca dos caminhos. Outros cinco foram mandados a vigiar a praia. A noite havia sido bem escolhida: era lua cheia, e um espesso luar flutuava no espaço, dando a todas as coisas uma impressão de adormecida irrealidade.

---

45 Monstro de muitas cabeças. Plural de diquixi.
46 Grande ave resultante da metamorfose humana.
47 Monstro de grandes pés humanos.

O marulhar das ondas misturava-se ao xuaxualhar das folhas. De vez em quando subia algures o grito sincopado de uma coruja. Ninguém estranharia se, de repente, surgissem das sombras as muitas e monstruosas cabeças de um esfomeado diquixi.

– Este homem – disse Severino apresentando um velhote de longas barbichas brancas que se mantinha calado e imóvel atrás de si –, este homem antes de estar ao serviço de meu pai foi moleque de dona Ana Joaquina dos Santos.

– Nga Andembo-ya-Tata! – admirou-se o Lima da Alfândega. – Mas isso deve ter sido há mais de quarenta anos!

E como o miúdo Zeca Alves estranhasse o nome, foi-lhe explicando que dona Ana dos Santos, mais conhecida por nga Andembo-ya-Tata, havia sido, no seu tempo, a maior fortuna de Luanda. Filha de português e mulata ambaquense, nga Andembo herdara do pai a enorme ambição e o gênio arrebatado e da mãe a beleza e a paixão. Quando morreu possuía interesses comerciais espalhados por toda a colônia, enormes propriedades em redor de Luanda, e uma frota de muitos navios.

Severino confirmou:

– Sim, tinha uma frota de muitos navios. Que lhe não serviam só para trazer da Baía aguardente, açúcar ou farinha de trigo. Na verdade serviam-lhe sobretudo para levar daqui negros escravos.

E dizendo isto espetava no Lima um olhar feroz:

– Foi assim que se fizeram todas as fortunas deste desgraçado país! Adiante porém: como eu dizia, o Sebastião foi moleque de dona Ana dos Santos e, enquanto tal, assistiu ao embarque de muitos escravos para o Brasil. Esses escravos eram primeiro concentrados no palácio de nga Andembo, no Bungo, onde aguardavam noite propícia para serem depois trazidos até aqui. Vinham através de enorme subterrâneo, do qual ainda hoje subsistem as ruínas. E era isso que hoje eu vos queria mostrar.

8

Manaus, o ordinário papagaio que Alicinha herdara do pai, estava velho, perdera as penas da cauda, as belas penas verdes e amarelas; rouquejava e parecia quase cego. Ademais tropeçava nas palavras, confundia as coisas. Uma vez, por exemplo, Caninguili deu com ele a disparatar a mãe de uma cadeira. E o curioso é que se dirigia à cadeira dando-lhe o nome de um antigo empregado do Velho Gama. Na opinião do barbeiro estaria assim a reconstruir alguma maka passada muito tempo atrás.

A Alice o passar dos anos mal lhe havia tocado o corpo magro. Estava talvez ainda mais leve. No resto não mudara. Aliás, nem tem sentido falar-se de tempo em se falando de Alice. Ela nunca viveu dentro do vertiginoso fluxo das horas. Os seus dias passava-os agora a ler, a costurar e a falar com as flores. Tinha grandes conversas com as magnólias.

Foi nos últimos dias do mês de novembro que Caninguili a pediu em casamento.

9

A carta estava escrita numa caligrafia irregular, com muitos erros de ortografia, e tinha todos os Ss e os Zs voltados ao contrário, como quando vistos diante de um espelho. Estava escrita num pedaço de papel pardo e cheirava a peixe seco e a farinha de bombó. Não trazia qualquer assinatura.

Severino leu-a duas vezes e devolveu-a depois a Eusébio Velasco Galeano. O seu rosto estava crispado de cólera:

– Que outra coisa se poderia esperar? Desgraçado país o nosso!

Galeano concordou com a cabeça. A carta chegara na noite anterior à redação d'*O Angolense* e vinha confirmar rumores que ele próprio havia recolhido ao longo da linha do caminho de ferro, no exercício da sua profissão de fiscal de primeira classe.

"Amigo Galeano", era assim que começava a carta, "as notícias de Malange são tristíssimas. Por toda a parte só temos perseguição e impiedade. As nossas próprias vidas não estão seguras e o povo tem fugido para o mato e terras gentias, a fim de escaparem das guerras do chefe José Antunes. E se sua excelência o governador geral não dá providências sobre este estado de coisas teremos algum conflito. E pobres dos comerciantes que como nós tudo têm aqui. As décimas e as multas são cobradas com violência e os pacientes palmatoados os quais são depois recolhidos na prisão até pagarem. Os soldados de segunda linha, que também são castigados com palmatórias, como escravos do chefe, são empregados no serviço dele, particular, nas lavras dos comandantes das companhias e na do escrivão Luís José de Oliveira Feio. No dia 10 do corrente mês foi preso por uma força de caçadores armados de espingardas o morador Pedro Domingos da

Gama, filho do capitão Ambrósio Pereira da Gama, amarrado com cordas nas mãos e na cintura, e depois castigado pelo próprio chefe com bofetadas e palmatórias, pelo crime de não ter pago as décimas. Foram também presos os 12 cabindas empregados no serviço de limpeza do rio Lombe e palmatoados rigorosamente às cinco da tarde, com três dúzias a cada um pelo condutor encarregado daqueles trabalhos, José Manuel da Silva, por motivo de aqueles terem pedido nesse dia para que se lhes dispensasse o domingo, a fim de darem descanso aos corpos em vista do muito que têm tido durante a semana."

– Vou tentar saber mais alguma coisa – disse Galeano – e depois ponho tudo no jornal.

– Faça isso – concordou Severino –, para já é quanto basta. O resto virá depois.

10

Alicinha levantou cuidadosamente o prato que cobria o fungi e, com a borda deste, traçou na massa fumegante uma pequena cruz.

– Que o senhor nos livre dos engasgamentos – murmurou, e voltando-se para Judite dispôs-se a servi-la.
– Comadre, dá-me licença?

O casamento de Caninguili com Alice surpreendera a alguns. Não, contudo, a Severino, que há muito tempo vinha seguindo com ternura aquele namoro recatado. Quando o barbeiro lhe confessou as suas intenções, pôs no seu apoio uma única condição: havia de ser o padrinho!

E foi. A cerimônia, oficiada pelo cônego Nascimento, não teve direito a colunas nos jornais. Alice quis tudo muito simples, sem brilho e sem ruído. Por insistência de Caninguili foram passar a lua de mel ao reino. Era a primeira vez que qualquer um dos dois fazia viagem tão longa. Demoraram-se três meses entre a efervescência de Lisboa e os calmos arvoredos de Sintra. Regressaram depois no mesmo vapor que os trouxera e, mal chegados, o barbeiro tratou de se mudar para a grande casa de Alice. Mas manteve a loja, claro. De resto a distância entre uma e outra era nenhuma.

Judite e Severino vinham quase todos os sábados almoçar com o casal. Tinha-lhes nascido há pouco o terceiro menino e, segundo a moça, estava já outro em construção.

Durante o almoço trocavam apenas mexericos e frivolidades mas, após este, Caninguili e Severino sentavam-se à soleira da porta e aí ficavam conversando conversas compridas e férteis, que só a chegada da noite ou de algum amigo mais próximo vinha interromper.

Por essa altura andava Severino a preparar um romance. Um grande romance que fosse capaz de retratar com fidelidade e interesse o estreito mas complicado mundo de Luanda.

O doutor Alfredo Trony tentara, é certo, coisa parecida. Todavia, e na opinião exagerada de Severino, desconseguira o principal:

– Ele ficou à porta do que somos. Não entrou dentro de nós.

Porque, segundo o amanuense, o que era preciso era fotografar a realidade. Mas não esquecendo nunca que a realidade angolana era composta de uma grande dose de surrealidade. Não bastava descrever com maior ou menor rigor os usos e costumes, os ambientes, os tipos, os vícios ou as crenças. Era preciso antes do mais captar a alma do povo. Compreender as pessoas:

— Nós, angolenses, vivemos mergulhados num universo mágico. Muitos, como o Cordeiro da Matta, acham nisto uma grande desgraça. Outros desdenham das crenças e superstições do povo. Mas todos, mesmo quando afirmam o contrário, temem o poder dos calundus. Eu penso que a força e a originalidade de um genuíno romance angolense só se poderá conseguir através da sábia mistura entre o imaginário e a realidade. Porque é assim que nós somos.

11

Julgo já o haver dito atrás, muitos dos destemperados juízos de Severino desconcertavam as pessoas. E ainda mais as suas rebuscadas filosofias. Em particular uma houve que se tornou famosa e, em grande parte, decidiu o seu destino: aquela segundo a qual tendo nós apenas cinco sentidos estes não seriam suficientes para captar todas as múltiplas parcelas da realidade. E Severino exemplificava com o caso dos morcegos, os quais eram capazes de escutar ruídos para os humanos totalmente imperceptíveis. Não falando do sentido premonitório de certos animais, que conseguiam prever com muita antecedência os grandes terremotos.

— Imaginemos um homem cego – dizia Severino –; se passar diante dele uma borboleta colorida mas silenciosa o cego não a perceberá. Para ele a borboleta não existiu. E a menos que lhe roce o corpo ou que lhe falem dela, nunca há de existir. Também nós – continuava – somos assim. Vemos apenas o que os nossos sentidos nos mostram. Para tudo o que eles não alcançam somos como o cego da minha estória. Possivelmente passeiam-se à nossa volta seres de cuja existência nunca chegaremos a saber...

Estes raciocínios, só por si, deixavam em pânico os amigos mais precavidos. Mas Severino não se contentava com tão pouco:

– Há contudo uma maneira de comprovar a existência destes universos proibidos. O caso é que quando alguém se escalda com água a ferver, ou quando prova um bom muzonguê[48], ou quando escuta um trovão, de alguma forma reaje a tais estímulos. Estudando estas reações podemos adivinhar a natureza do que quer que seja que as provocou. Da mesma forma, se estudarmos o comportamento dos animais cujos sentidos sejam capazes de alcançar os universos que a nós nos escapam, seremos capazes de intuir a natureza desses universos.

Neste convencimento dedicou boa parte das suas horas livres ao acurado estudo dos gatos e das serpentes. E se nunca as suas teorias puderam ser comprovadas, tornou-se pelo menos um grande conhecedor dos animais em causa; conhecimentos que lhe serviriam mais tarde, quando da chegada a Luanda do doutor Carlos Eduardo Noronha de Melo e Silva Franco, zoólogo

---

48 Caldo de peixe.

português, em Angola ao serviço da Real Sociedade Britânica de Zoologia.

A escolha dos gatos deveu-se ao fragor de toda uma mitologia que ao longo de muitos séculos se foi acumulando em torno de tais bichos. Adepto do velho ditado segundo o qual não há fumo sem fogo, Severino tratou de explorar o amor de Judite pelos pequenos felinos e, logo após o casamento, deu de lhe fazer oferta de qualquer um que encontrasse pelas ruas. Ao fim de poucos meses os amigos começaram a recusar-se a frequentar-lhe a casa e o jovem amanuense viu-se na necessidade de recorrer aos préstimos do bom Caninguili para uma fumigação em forma. Mas mesmo muitos anos depois de ter tundado o último gato ainda as visitas se queixavam de pulgas e os vizinhos não conseguiam dormir com o gritar dos bichos nos quintais, em noites de lua cheia e angustiado cio. Ficou-lhe da experiência um indefinido rancor por todos os bichos com pernas, a vaga alcunha de Souza Quimbanda, e a infundada convicção de que os gatos morrem apenas uma vez.

Quanto às serpentes, começou a colecioná-las teria pouco mais de vinte anos e continuou a fazê-la até ao fim da vida. Com esse objetivo mandou construir nas traseiras da sua casa, no Bungo, uma espécie de capoeira com múltiplas divisões de apertada rede e aí foi acumulando os répteis, para perpétuo terror da mansa Judite e de todos os moradores do bairro.

O que mais o fascinava era a habilidade das serpentes para detectar com a língua qualquer pequena variação de temperatura e, desse modo, a proximidade do perigo ou de alguma presa de sangue quente.

Acreditava que com tal dom lhe fosse também possível auscultar o eventual coração de algum ser invisível. E nessa convicção passou longas horas suspenso do mínimo pormenor dos seus movimentos ondulantes. Nenhuma só vez, nos mais de 30 anos em que colecionou serpentes, assistiu a qualquer investida sem objetivo aparente.

12

Do Humbe chegavam notícias de mais um massacre perpetrado em nome da paz e da civilização: eram os últimos dias do mês de junho de 1898. Foi por esta altura que o Lima da Alfândega mandou chamar Severino para lhe dizer que tinha no porto um grande caixote em seu nome. E que o dito caixote estava cheio de armas e de munições. Viera da Baía e, a acreditar no Lima, por pouco não fora aberto ao passar a Alfândega. Durante três noites de sobressalto, e com a conivência de diversos trabalhadores, Severino, Zeca Alves e Narciso Galeano transferiram todo o conteúdo do caixote para o semidestruído subterrâneo da Ponta da Mãe Isabel.

Não era fácil descobrir a entrada do subterrâneo. Havia primeiro um bosque desgrenhado de espinheiras e depois a terra alteava-se num salto brusco, com dentes de rocha a romperem do barro vermelho, para lentamente voltar a descair em direção à praia. A entrada escondia-se na base deste pequeno declive, quase completamente coberta por capim alto e uma incalculável confusão de pedras soltas.

Embora Saturnino de Souza entendesse que se deveria deixar sempre um ou dois homens armados a vigiar a boca do buraco, tal proposta não vingou, pois temia-se que apenas servisse para levantar incômodas suspeitas. Além de que não parecia seguro envolver demasiada gente num segredo tão perigoso.

Assim, o armamento foi deixado em cinco caixas de madeira no interior do túnel, cuja entrada foi depois coberta com pedras e com ramos. Não mais de 12 pessoas estavam a par da existência das armas e do subterrâneo. Pormenor importante como se verá depois.

13

Como quase todos os filhos do país, Severino não tinha habilitações oficiais. Em miúdo o pai pusera-o a estudar em casa de um velho professor primário, dado não haver ainda na cidade qualquer estabelecimento de ensino. Mais tarde, quando o negócio dos palhabotes começara a dar muito dinheiro, teimara em mandá-lo estudar para o reino. Mas nessa altura já Severino tinha os primeiros pelos da sua barbicha de bode e uma paixão doentia por uma buxila[49] de apenas 13 anos de idade, que muitos afirmavam ser filha do seu falecido avô. Não estava disposto a sair de Luanda por nada deste mundo! E enfrentou os desejos do pai com tal determinação que após seis meses de

---

49 Filha de escrava ou de mulher livre mas nascida na casa em que serve.

discussões, ameaças e castigos o velho Saturnino desistiu de o fazer doutor e, numa espécie de vingança moralizadora, mandou para Lisboa um dos seus muitos afilhados, filho único da doce nga Manda do Bungo.

Em consequência desta paixão prematura teve Severino de se contentar com o modesto posto de amanuense, que um amigo do pai lhe obteve como paga de um favor antigo. Era manifestamente um emprego abaixo das suas capacidades e dos seus conhecimentos mas Severino tinha esperança de, com o tempo, ir subindo na carreira. E durante os primeiros anos foi assim: de simples amanuense passou a chefe de escritório e, em 1897, dirigia já toda uma repartição. Nesse ano, contudo, Augusto Mayer, administrador da Fazenda e jornalista nas horas vagas, foi encontrado morto na banheira de um oficial da polícia, e estava abraçado ao dito oficial, e estavam ambos inteiramente nus e pálidos e indefesos como lírios e todo o sangue que tinham não o tinham já, pois lhes saíra em borbotões pelos pulsos abertos e coalhara na banheira colando os dois corpos um ao outro, com tal arte e de tal forma que foi preciso pô-los um dia inteiro em banho maria com vinagre para que finalmente a morte os apartasse.

Este tristíssimo e desesperado ato de amor prejudicou Severino, pois para o lugar do infeliz suicida foi nomeado um metropolitano do Porto, que logo no seu primeiro dia à frente da Fazenda tratou de promover todos os pretos e mulatos e até os brancos ditos de segunda, substituindo-os por recém-chegados a Angola.

E assim, nos princípios de 1898, Severino era novamente chefe de escritório e, antes de terminar o ano, via-se outra vez um simples amanuense. Antecipou-se à despromoção seguinte e despediu-se com o orgulho intacto. Não fosse o aparecimento do doutor Carlos Eduardo Noronha de Melo e Silva Franco teria ficado em situação difícil, tanto mais que, por essa altura, já o seu velho pai estava completamente falido e começara a perder-se no inferno das dívidas e do álcool.

Carlos Eduardo Noronha de Melo e Silva Franco era um desses aristocratas já desaparecidos, que ao brilho do interminável nome podiam ainda juntar o da fortuna. Traindo as respeitáveis tradições familiares, as quais vedavam a um fidalgo a prática de qualquer atividade produtiva, Carlos Eduardo iniciou-se muito cedo no manejo dos óculos de aumentar e dos aparelhos de dissecação e, aos 30 e poucos anos, era já um biólogo de reputação firmada, quer em Portugal quer no estrangeiro. Quando a Real Sociedade Britânica de Zoologia lhe ofereceu uma bolsa de oito anos para elaborar uma coleção, tão exaustiva quanto possível, dos ofídios da região sul da África, o generoso cientista recusou a bolsa mas aceitou a proposta, e com cinco malas e um criado de quarto pôs-se a caminho de Luanda.

Se é verdade que Severino o recebeu como a um anjo caído do céu, não menos verdade é que para o ex-amanuense foi a surpresa que jamais esperara encontrar. De fato, quando lhe disseram, logo após a sua chegada, que havia no Bungo um mulato que gostava de cobras, o cientista pensou ir encontrar um simples curioso, mais possivelmente ainda um charlatão, e nunca alguém que tinha das serpentes um conhecimento tão íntimo, claro e comovedor. No largo quintalão da grande casa do Bungo,

Carlos Eduardo Noronha de Melo e Silva Franco perdeu a fala diante da espécie de capoeira que Severino ali fizera construir, e no interior da qual se enrodilhavam em abraços frementes quase todos os répteis que ele sempre desejara ver.

– O que Judite mais teme – contou-lhe Severino morto de riso – é que algum destes bichinhos consiga um dia escapar-se daqui sem que ninguém repare e entre pela boca de um dos meninos enquanto eles dormem. Está convencida que é isso que fazem todas as serpentes quando encontram uma criança adormecida.

E depois mostrou-lhe a sua preciosa coleção de cobras conservadas em álcool, e esta impressionou a tal ponto Carlos Eduardo que imediatamente o contratou para seu assistente pessoal; e ofereceu-lhe o triplo do ordenado que Severino recebia nos seus melhores tempos de chefe de repartição.

E mesmo quando, oito anos mais tarde, regressou definitivamente à metrópole, e porque não conseguisse convencer Severino a acompanhá-lo, empenhou toda a sua influência e autoridade para obter do governador a promessa de que ao seu antigo assistente seria concedido o lugar de zelador do futuro Museu Zoológico. Para além disso, nunca deixou de fazer referências em todos os seus trabalhos ao nome de Severino de Souza, tecendo-lhe comentários tão generosos que mesmo muitos anos depois da morte de Severino ainda continuavam a chegar à velha casa do Bungo convites para conferências nos mais remotos lugares do mundo, pedidos de colaboração ou eruditas monografias científicas.

14

Quando completou um século de vida, Arcénio Pompílio Pompeu de Carpo estava tão magro que perdera a própria sombra e era difícil distinguir onde acabava ele e começava a sua inseparável bengala de couro de elefante.

– O tempo devorou-me as carnes – repetia a quem lhe estranhasse a magreza excessiva. E mostrava depois os pesados botins com reforços de chumbo, explicando que eram a melhor proteção contra os fortes ventos que em certos entardeceres dos meses quentes saltavam do mar e corriam aos uivos pelas ruas como esfaimadas matilhas de mabecos[50].

Por essa altura já toda a gente se havia habituado a julgá-lo imortal e uma boa parte da cidade regulava os seus hábitos pelos gestos rigorosos do velho ao longo do dia.

Assim, de manhãzinha, mal o viam assomar ao topo da Rua Direita, os lojistas conheciam que era chegada a hora de estender os panos nos varais das portadas, de batizar os vinhos e de acordar a molecagem para que fosse acudir às vendedeiras de água. E quando, Sol alto, o velho, saindo da Igreja de Nossa Senhora do Carmo, atravessava o Largo da Alfândega para entrar na tasca do Martins, meio mundo largava mão do que estivesse a fazer e ia almoçar sossegadamente, sepultando a cidade num adormecido silêncio de cemitério gentio. Depois Arcénio saía da tasca e ia sozinho passear pela praia, detendo-se defronte de cada árvore para recolher folhas mortas ou as carcaças transparentes das cigarras, e todo o povo sabia que eram exatamente cinco horas da tarde.

---

50 Cães selvagens.

O velho regressava arrastado pelos primeiros ventos e era então que os lojistas fechavam as portas e os amanuenses trocavam os escritórios pelos bancos das tabernas ou as bermas sujas dos passeios públicos.

De tal modo estava consolidada esta rotina de mais de 40 anos que o próprio cônego Nascimento acertava o grande relógio da sua igreja pela chegada do velho, às seis horas e quinze minutos de todas as manhãs. Se acrescentarmos que os cavalheiros da urbe haviam adquirido o hábito de corrigirem as suas elegantes maquinazinhas de bolso pelo dito instrumento, talvez percebamos melhor (e Severino percebeu-o ainda muito novo) o quanto a infinita perplexidade do tempo estava em Luanda entregue às tênues mãos de Arcénio Pompílio Pompeu de Carpo.

Severino de Souza, acabei de o dizer, percebeu isto ainda muito novo. Foi mesmo o primeiro a percebê-lo, na vertiginosa lucidez de um amor atroz, de um amor feroz, perpétuo e definitivo, numa palavra, do seu primeiro e fugaz amor. Tinha por essa altura 14 anos de idade e Arcénio de Carpo ainda não fizera cem, mas parecia-lhe então muito mais velho do que o acharia depois, muitos anos depois, quando a ele próprio os cabelos começaram a branquear. A verdade é que à medida que foi crescendo foi achando o velho cada vez mais novo, a ponto de ter chegado a convencer-se, com inconfessado horror, que o dito cujo regredia. Ao atingir a maioridade acentuou-se nele esta impressão, e pouco depois perdeu-a da memória. Recordá-la-ia de novo em certo serão familiar, quando um dos miúdos lhe perguntou por que não era toda a gente como Arcénio de Carpo, capaz de descomer os anos. Só nessa altura compreendeu que aquela era uma inquietação que afligia todas as infâncias, como a papeira ou o medo do escuro.

Maria do Imaculado Coração de Jesus nascera na casa dos Souza, filha apenas de uma escrava libolo. E digo "apenas" porque o pai nunca se lhe conheceu e ela própria persistiu até muito tarde na piedosa mentira da mãe, segundo a qual esta a concebera sozinha e sem pecado; sem sequer a intervenção de uma divina pomba!

Estória crível, não houvesse sido tão escandaloso o fim de Péricles de Souza, avô de Severino, o qual se deixou morrer no quarto da escrava, e foi retirado de lá com uma virilidade tão imponente que nga Marquinhas ao vê-lo desmaiou de vergonha e comoção, e se recusou a comer o que quer que fosse nos seis dias seguintes, tendo ao sétimo deitado a alma pela boca. E ao oitavo teve de ir a enterrar junto do marido, o que foi uma grande desgraça, pois era mulher de muito bom trato e a ela iam procurar alívio e pão todos os pobres das redondezas.

Além disso, Maria do Imaculado Coração de Jesus tinha os mesmos olhos cinzentos de Péricles de Souza e uma tez tão clara que não era difícil acreditar ter o português graves responsabilidades no assunto.

Foram esses olhos que perderam Severino, era ele ainda um adolescente tímido e a buxila não teria sequer completado doze anos de idade.

Por essa altura os negócios de Saturnino de Souza iam tão bem que ele tomara a decisão de enviar o filho a estudar na metrópole. Mas quando já tinha estabelecido um contrato com um dos melhores colégios internos de Lisboa, e faltava apenas confirmar a passagem no vapor, deparou-se-lhe súbita e de pedra a recusa do miúdo:

– Lamento, meu pai – dissera-lhe com a gravidade de um homem feito –, mas não posso sair de Luanda. Nenhuma força do mundo me fará sair daqui...

E assim foi. Nem a ameaça do cavalo marinho nem todo o tipo de promessas, nem os rogos da mãe, nem as imprecações do pai, nada conseguiu adormecer ou destruir aquela vontade de ferro. Em breve Saturnino de Souza estava mais curioso do que contrariado e, sabiamente, pensou que o melhor seria tentar descobrir a raiz de tamanha determinação. Pôs-se assim a vigiar o filho e ao fim da primeira semana estava a par dos seus amores furtivos. Isso acendeu nele uma grande cólera contra a inocente buxila, tendo logo congeminado maneira de a afastar de Severino. Com esse objetivo tratou de entrar em contato com um primo de Cambambe, para lhe pedir que aceitasse a pequena ao seu serviço. E tendo obtido isto marcou lugar para ela num dos seus palhabotes que, todos os domingos pelas 15 horas, largavam da barra do Quanza, rio acima.

Porém, no dia e hora aprazados, quando a caravana transportando a tipoia de Maria do Imaculado Coração de Jesus chegou à barra do Quanza verificou com consternação que já tinha partido o palhabote que a deveria levar. E o mesmo na semana seguinte, e ainda na outra, até que Saturnino de Souza perdeu a paciência e ordenou que a caravana fosse de véspera apanhar o palhabote. E só dessa vez conseguiu embarcar Maria de Jesus.

Estes casos depressa caíram no esquecimento, e ninguém, nem mesmo Pedro Saturnino, se preocupou jamais em conhecer o motivo da imprevista partida dos palhabotes nas três primeiras tentativas que se haviam feito para embarcar Maria de Jesus. Anos depois, e pretendendo demonstrar a natureza artificial do tempo, Severino confessou a sua participação nos acontecimentos. Mas ninguém acreditou na sua estória.

15

A única coisa que Carmo Ferreira nunca conseguiu obter de Josephine foi que calçasse sapatos. Com os seus panos coloridos, o corpo redondo mas elegante e o andar ligeiro de gazela, a mucama batia aos pontos qualquer senhora da alta esfera luandense. Mesmo descalça! O que muito desgostava as ditas senhoras. Assim, não admira que mal os primeiros murmúrios, dando conta das intenções de Carmo Ferreira se unir a Josephine pelos sagrados laços do matrimônio religioso, começaram a correr pela cidade, tenham partido destas as primeiras manifestações de repulsa e desamor. Todas, à uma, saltaram sobre a honra da infeliz com a peçonha das mais torpes insinuações. E depois delas a cidade inteira.

Com isto não se pense que eram rígidos os costumes da colônia. Pelo contrário: os usos da terra autorizavam que os homens dispusessem de quantas amantes lhes desse na realíssima gana, e a capacidade econômica destes, bem como a sua virilidade, mediam-se mesmo pelo número de mulheres a que fossem capazes de assegurar sustento. E era tanto assim que de um Barbosa do Lubango, grande comerciante de borracha e velho muito respeitado, se dizia possuir o dito mais de 30 concubinas.

Pior: Luanda era um ninho de putas! Elas estavam por todo o lado, mas sobretudo nas colmeias de cubatas rudes que se derramavam numa torrente de sons e de cheiros pelas encostas dos morros, e também ao longo do porto, e ainda na alegria esfuziante do negro bairro das Ingombotas. Eram tantas que já nem suscitavam escândalo: tão ativas que delas se dizia movimentarem mais dinheiro do que o Banco Nacional Ultramarino; tão ternas e tão sábias que muitos comandantes não autorizavam o desembarque dos seus marinheiros, receosos de que estes uma vez em terra não mais quisessem voltar, presos para sempre ao doce perfume das princesinhas da noite.

De resto, ninguém estranhara que Carmo Ferreira se houvesse amigado com Josephine, e nem sequer, particularmente, que a houvesse roubado a Saturnino. A maioria via o sucedido da única forma que merecia ser visto: significando que o velho Souza se perdera nos irremediáveis pantanais do álcool e da insolvência e que Carmo Ferreira, pelo contrário, tinha poucas razões para se queixar.

O que chocou as pessoas, o que desvairou a cidade, foi essa pretensão inédita num comerciante abastado de se unir pelos laços graves e definitivos do matrimônio religioso a uma negra sem família, uma mucama! Uma antiga escrava!

O próprio cônego Nascimento tentou dissuadir o comerciante, fazendo-lhe ver que tal intenção ia contra todas as regras e era suscetível de lhe trazer a inimizade dos grandes e a escondida troça dos pequenos. Em vão! Confrontado com a hostilidade dos outros, mais Carmo

Ferreira se incendiou nos seus propósitos e foi rude e cruel para o infeliz cônego:

– Como é que um ministro da Santa Madre Igreja de Nosso Senhor Jesus Cristo pode pensar desse modo? Como pode você comungar de tais preconceitos? Disse que me ia casar com Josephine e é isso que vou fazer nem que o próprio papa se levante contra tal!

Não casou. Ou, pelo menos, não casou nessa altura mas tão somente seis anos depois, já a Luanda antiga se começava a desmoronar e havia tanta coisa a acontecer que Carmo Ferreira pôde cumprir a sua promessa sem que nenhuma língua se interessasse pelo caso.

CAPÍTULO QUINTO

Capítulo de muitos e desvairados acontecimentos. Mas também de grandes alegrias e esperançados projetos. Aqui se conta do último baile de Severino e do progredir da Sociedade. Do regresso de Afonso Vieira Dias e da Voz de Angola Clamando no Deserto.

Mais se conta do triste desastre militar do Vaudo-Pembe e da forma como, na sequência desse desastre e da resposta portuguesa a ele, César Augusto matou o Magombala e descobriu o paraíso.

Chegamos assim à revolução republicana e, logo depois, a esse infausto dia 16 de junho de 1911.

"Angolenses! pegae em armas para libertardes a pátria, a pátria das nossas mães; porque a emancipação dos escravos franquea-nos um boa ocasião.

"Portugal está pobre; e ainda que rico fosse seria uma estupidez pensar em semilhante couza quando se trata da liberdade dos direitos d'um povo. Por isso quebrae o jugo e os grilhões que vos prendem a 4 séculos. Não vedes que os pretos dos Dembos estam emancipados? Tem eles alguma instrução?

"[...] Temos os elementos necessários para sustentarmos a sagrada guerra da independência, e os estrangeiros nos darão socorro infalivelmente, porque temos o que eles precizão.

"Fiquem certos que como guerreiros ficaremos puros do crime de sangue; e como revolucionários puros ficaremos também da infamia da traição, pois é agressão quem nos chama para fazermos a nossa independência e para a peleja e o país é quem nos convida para pegarmos em armas.

"Angolenses, emitae a grande América e o Brasil, por que o homem deve ser útil à pátria que o viu nascer.

"Um tiro dado em defesa da pátria é um título de glória.

"Os Dembos esperam a nossa voz, eles se oferecem para a causa comum e uma junta provizória dirige o nosso destino.

"Lembrae que os empregos é tudo só para os portugueses, para nós nada! Vede os nossos campos arrazados, a nossa riqueza aniquilada, as nossas irmãs prostituídas, os nossos concelhos do interior despovoados; a fome e a peste perseguindo-nos sempre por cauza d'uma administração pecima.

"A cor preta e parda é considerada como uma palha movida pelo vento, Não somos chamados para nada por que entende o governo que nós somos escravos.

"[...] a ideia de independência está por toda a parte na província, todos já se congratulão, só resta pôr-se em prática a obra.

"[...] Avante, alerta e nada de medo. Vamos rapazes, cada um no posto que as circunstâncias destinarem e verão debaixo dos vossos pés, cahido e humilhado o tridente de Neptuno.

"Continuar-se-ha porque no interior faz-se mesma couza."

"Dom Ferrabraz, Rei d'Alexan"
[o fim da palavra está rasgado]

(Panfleto manuscrito apreendido em Luanda em 1874.)

1

Foi Eusébio Velasco Galeano quem trouxe de Malange a espantosa notícia da morte do Antunes. O odiado chefe do conselho fora colhido por uma pacaça no decurso de uma caçada em Catala. Diziam que agonizara horrivelmente durante três intermináveis horas, pedindo por tudo que acabassem com ele. Pormenor bizarro, diziam ainda que gargalhava como uma mulher enlouquecida a pacaça que o matou.

Segundo Galeano, ninguém chorara aquela morte. Mesmo os seus colaboradores mais próximos, entre os quais o famoso Silva Facadas, pareciam tê-la aceito com alívio; não com tristeza. E nem sequer haviam tentado impedir a batucada com que o gentio festejou o desastre, durante seis dias e seis noites de transbordante alegria. As populações tinham, aliás, bastas razões para tal contentamento. A governação de Antunes passara por Malange como um furacão de ódio e violência. Por todo o lado espalhara o terror e a iniquidade; a revolta e a desolação. Aos pastores nômadas extorquira o gado e aos camponeses insuportáveis multas e impostos. Contava-se que de um obscuro povo, sem tradições de cultura de terra ou de pastoreio, tentara converter a uma das duas atividades e, não o conseguindo, lançara contra os desgraçados uma companhia militar de tal envergadura que poucos de entre eles teriam conseguido sobreviver.

Silva Facadas herdou com a morte do Antunes não só a sua enorme fortuna mas também os inumeráveis desamores que o velho bandido havia acumulado ao longo de 20 anos de permanência em Angola. E foi um bom continuador das obras do falecido patrão!

2

Adolfo Vieira Dias regressou a Luanda no último dia do último mês do último ano do século XIX, a tempo ainda de ser padrinho do quinto filho de Judite e Severino, e de participar no grande baile com que os calus festejaram a chegada do novo século.

O passar dos anos tinha-lhe apurado a figura: trazia os cabelos grisalhos e compridas suíças completamente brancas, os gestos mais calmos e um vago alheamento pelos dramas da vida. Diziam que esbanjara nos bordéis baianos uma boa parte do sólido patrimônio da família, e alguma verdade devia haver nisso, pois partira à frente de uma procissão de malas e criados e regressava sozinho e quase sem bagagem. Mas transpirava dele uma tal distinção e tranquilidade que se diria agora mais próspero do que quando deixara Luanda.

Veio de repente, sem se anunciar, e por isso não teve no cais ninguém à sua espera. Achou a cidade muito mudada, cheia de casas novas e de colonos brancos, um bulício mercantil a perder-se para além dos morros, agora quase cobertos pelo colmo das cubatas.

A maioria atribuiu o seu inesperado regresso ao peso das saudades e não se enganaram. Outros motivos levaram, contudo, o rico exilado a empreender aquela viagem e desses, poucos tiveram conhecimento. O caso é que Adolfo pretendia estudar com Severino as possibilidades de um maior apoio brasileiro à causa independentista.

Nos últimos anos a Sociedade tinha crescido muito e infiltrara-se profundamente entre os comerciantes e proprietários e mesmo no interior dos quartéis, onde dispunha da simpatia de grande número de oficiais de baixa patente. Tentara-se aliciar personagens importantes como os coronéis Padrel e Cravid, o general Geraldo Victor ou o major Joaquim de Brito Teixeira, mas todos haviam reagido mal à ideia da independência política da colônia.

Severino previra de resto essa recusa. Segundo ele, os africanos com papel importante na estrutura colonial haveriam sempre de se opor às posições independentistas, pois viam nelas uma ameaça aos seus próprios interesses.

É entre os descontentes – dizia Severino – que devemos procurar os músculos e o cérebro do nosso movimento. Entre todos os descontentes.

E nesse sentido preconizava o recrutamento mesmo da soldadaria rude e dos indivíduos da mais baixa estirpe, proposta que muitos contrariavam e quase ninguém compreendia. Com a notável exceção de Pedro da Paixão Franco, cada vez mais inflamado pelos ideais socialistas, e em quem muitos viam um novo Arantes Braga.

Adolfo trazia notícias frescas. Boas notícias: a república firmava-se no Brasil de forma irreversível. E embora ali a vida não fosse um paraíso (sobretudo para os negros e mulatos) a liberdade, a igualdade e a fraternidade eram princípios que empolgavam a nação. Claro sinal disso mesmo estava na solidariedade para com os companheiros de Angola. O carregamento de armas que chegara em junho de 1898 fora conseguido graças à quotização dos operários de uma mina de cobre que estavam, se necessário, dispostos a repetir o gesto.

Com as armas pretendia-se tomar o Palácio do Governo, os quartéis e a fortaleza. Feito isto tinha-se Luanda na mão; e quem diz Luanda diz todo o vasto território de Angola, do Ambriz até aos confins do Cuamato.

– Mas – objetava Zeca Alves – e os ingleses, os bôeres, os belgas, os franceses? Os alemães, sobretudo? Não irão eles tentar aproveitar-se da nossa fraqueza para trair o Tratado de Berlim?

Severino reconhecia o perigo. E, exatamente por isso é que lhe parecia imprescindível congregar primeiro o apoio e a simpatia de todos os chefes tribais:

– E não só deles mas também, por exemplo, desse estranho Johanes Oorlog, do qual se afirma não perder nunca uma batalha, seja ela contra bundos, portugueses, alemães ou bôeres, dependendo de quem pague melhor.

Era preciso, dizia Severino, unir todos os povos do interior; e as gentes das cidades, de todas as raças, classes e sentimentos políticos. E os olhos brilhavam-lhe enquanto falava destes seus sonhos enormes.

3

O baile que festejou em Luanda a chegada do novo século foi para Severino o último baile. Acontece que depois que a tempestade serenou, e o impetuoso revolucionário começou a arrumar os destroços do seu coração desolado, a primeira coisa que descobriu foi a coincidência de haverem ocorrido em bailes os mais determinantes acontecimentos da sua vida sentimental e, vendo nisso um severo aviso, jurou nunca mais pôr os pés em salões de dança, promessa que desgostou toda a gente, porque era um prazer para a alma ver o mulato a dançar, e da qual resultou, segundo muitas opiniões de respeito, a triste e lenta agonia das afamadas *soirées* luandenses.

Era um baile de máscaras no Palácio do Governo e para ele tinham sido convidadas as melhores famílias da cidade. Cá fora, no jardim fronteiro, a festa fora de todo o povo, tendo a Câmara Municipal providenciado a música e os foguetes.

Judite surgira vestida de espanhola, o seu *salero* negro a arrancar dos peitos masculinos suspiros de inquietação. Severino combinara com Adolfo e Carmo Ferreira e tinham ido os três de mosqueteiros, "um por todos e todos por um", no que foi considerada a farsa mais divertida de toda a noite.

Viviam-se os derradeiros minutos do século XIX quando Severino reparou pela primeira vez na bela "República" e, quase imediatamente, na insistência dos seus largos olhos cinzentos. De "República", diga-se, tinha apenas a boina frígia e o demais que, não estando exposto, se adivinhava carnudo e magnífico. O rosto, de um moreno luminoso, era o de uma mulher já madura; mas os olhos e o sorriso não tinham idade.

Severino tinha a certeza que já vira aqueles olhos nalgum outro sítio; contudo, e por mais que se esforçasse, não conseguia recordar-se aonde. Não podia ser de Luanda pois, apesar de a cidade haver crescido muito, eram poucas as senhoras africanas em posição tal que tivessem acesso ao Palácio do Governo. Mentalmente pôs-se a percorrer as paragens que nos últimos anos havia visitado: Dande, Muxima, Icolo e Bengo, N'Dalatando, Dondo, Calulo, Quissongo, nunca fora mais longe do que isso.

Inquieto, foi inquirindo dos amigos e conhecidos a identidade da mulher, mas pouco ficou a saber para além de que era uma rica viúva de Pungo Andongo, com grandes interesses no comércio de borracha; informação que apenas contribuiu para aumentar a sua angústia, visto jamais ter visitado Pungo Andongo e não manter relações com comerciantes do interior. Quando já começava a desesperar, teve a surpresa de ver a mulher dirigir-se para si, cumprimentando-o pelo nome de família. Aterrado, não lhe ocorreu outra coisa a dizer senão a verdade. Confessou que embora tendo a certeza de que a conhecia não era capaz de se recordar do nome, e nem sequer das circunstâncias em que a encontrara antes.

A mulher teve um sorriso estranho:

– É natural – murmurou –, foi há tanto tempo...

E depois apresentou-se:

– Maria do Imaculado Coração de Jesus, Ximinha Jianju para toda a gente.

Severino sentiu que lhe faltava o ar. Maria do Imaculado Coração de Jesus! Fora com efeito há muito tempo, pelo menos há 25 anos atrás.

4

— O coração de um homem tem mais quartos que uma casa de putas — disse Adolfo quando, dois dias depois, Severino lhe confessou haver-se de novo enamorado de Maria de Jesus, sem que se tivesse atenuado o amor que o unia à sua legítima esposa. — Quanto ao que deves fazer isso depende de estares ou não disposto a magoar Judite. Se não, quanto menos fizeres melhor farás. Lembra-te que a paixão é como a sarna.

Severino havia de se lembrar, sim. Mas apenas após se haver coçado tanto que fizera a alma em farrapos; apenas após haver avançado tanto que a única possibilidade de fuga parecia ser correr para diante.

Mais tarde pensaria naquele amor reacendido como em fera que o esperara emboscada durante 25 longos anos para, de súbito, se lançar sobre ele e lhe roubar a paz e a harmonia. Mais tarde, ainda mais tarde, havia de começar a adivinhar em Ximinha Jianju o grande diabo que ela sempre ocultara debaixo da sua capa de inocência e mel.

Mas só mais tarde. Naquela altura o conselho de Adolfo caiu em saco roto. A verdade é que se enternecera logo com a triste estória que lhe contara Ximinha: o muito que sofrera às mãos do primo de Pedro Saturnino de Souza, antes de se fazer mulher e um rico comerciante de borracha a tomar para sua esposa; e o muito que sofrera às mãos do comerciante em causa, antes de este ser assassinado e lhe deixar em herança uma enorme fortuna; e o muito que sofria ainda, viúva há 15 anos, e tendo de enfrentar diariamente, para levar a bom termo os seus negócios, intermediários sem escrúpulos, gentalha rude, suja e abusadora.

Começaram por se encontrar num pequeno escritório que Ximinha havia alugado na parte baixa da cidade, e ali, entre papéis azuis de contabilidade e o azedo cheiro a cacau que se infiltrava dos armazéns ao lado, faziam amores proibidos, com o exagero e o furor dos amantes que se sabem sem qualquer futuro.

Quando aportou a Luanda uma afamada companhia italiana de ópera, arranjaram as coisas por forma a alugar cadeiras um ao lado do outro, truque de Ximinha que pretendia assim gozar a ilusão de um amor público, honesto e oficializado. Mas essa experiência traumatizou Severino, pois Judite insistiu em ir também e, com esta de um lado e Ximinha do outro, o mulato não sabia como proceder para, contentando as duas, não levantar suspeitas à esposa. Acabou por se deixar tomar por um pânico tal que perdeu a voz, e querendo galantear ambas as damas, apenas lhe saía pelos lábios um silvo incompreensível e tão estranho que, antes do fim do espectáculo, Judite se convenceu que uma das serpentes lhe havia entrado pela boca durante o sono e firmemente o arrastou para casa e lhe fez beber uma infusão de ervas e sumo de limão com sal: único remédio capaz de atordoar o réptil antes que este mordesse as entranhas de Severino e o matasse.

Fosse pelo susto fosse pela infusão de ervas e sumo de limão com sal, o certo é que o mulato nunca mais aceitou pôr lado a lado as duas mulheres, e nem sequer aparecer publicamente acompanhado por Ximinha. A partir dessa altura, e quase sem dar por isso, começou a construir uma laboriosa vida paralela; uma teia de mentiras que se intrincava de dia para dia, e no interior da qual ele se ia prendendo, como uma larva dentro do casulo.

Para iludir a angústia que a situação lhe criava, e o medo de ser descoberto, voltou a beber e a fumar, e a desgastar-se em longas noites de boemia, num desregramento que afligia Judite, incapaz de compreender o que se estava a passar.

Esta loucura durou perto de um ano. E acabou abruptamente, numa noite em que, tendo chegado a casa podre de bêbado, deu com um dos filhos debulhado em lágrimas, a cara num bolo, em consequência de uma briga com os miúdos do bairro; e tendo inquirido das razões dessa briga veio a saber que era ele o centro das makas, o seu mona[51] lhe defendendo dos xingamentos dos outros garotos, alcunha até que já lhe haviam posto: dicamba-diá-ngalafa[52].

Foi como se lhe tivessem dado uma chapada. Um par de estalos no seu sono artificial de bêbado triste. Cortou de uma só vez e definitivamente com Ximinha, com o fumo, com o álcool e com os bailes.

---

51 Guri.
52 O amigo da garrafa.

5

Por esta altura deflagravam em Luanda uma série de greves e sobressaltados acontecimentos, tendo como origem um artigo inserto no número quatro d'*A Gazeta de Loanda*, único periódico que, ao tempo, se publicava na capital da colônia.

O dito artigo multiplicava-se em insultos soezes contra a raça negra, não sendo daí, porém, que vinha a maior novidade; de novo havia que, tomando por base tais dantas-baratismos, o audaz croniqueiro se atrevia a construir teorias e a avançar com propostas que até então ninguém havia ousado publicamente apadrinhar. Por exemplo, propunha que se substituíssem as penas de prisão por castigos corporais, pois "meter em ferros d'El Rei um preto que delinquiu assassinando, roubando, ferindo, ofendendo a moral por ações ou palavras, não é aplicar um castigo, é antes incitá-lo ao crime, é lisonjear-lhe o instinto, é dar-lhe o prêmio. Pois qual é o ideal do preto senão comer sem trabalhar? Qual é a sua lei, a sua norma de vida, o seu superior anseio? Não somos apologistas dos castigos corporais. Achamo-los uma barbaridade, pelo mesmo motivo que achamos a pena de morte um crime oficial. Mas umas palmatoadas não matam ninguém".

E o artigo prosseguia nos mesmos termos, protestando ainda contra a condenação de europeus que ofendessem indígenas, já que "antes de tudo, o castigo severo do branco por motivo de simples ofensa ao preto, sendo deprimente do homem é consequentemente exauturador da raça. Secundariamente é atentatório da autonomia pátria. Assim se assegurará um futuro de muitas acerbas provações à colônia portuguesa".

E terminava propondo duas justiças, uma para os europeus e outra para os filhos do país. Tais propostas levantaram uma grande vaga de protestos e incendiaram as conversas da barbearia, dividindo as opiniões no seio da Sociedade, os mais impetuosos – com Zeca Alves à frente – a clamarem a destruição dos escritórios d'*A Gazeta de Loanda*.

Quando Eusébio Velasco Galeano e Apolinário Van Dunem surgiram com a ideia de uma resposta literária, da impressão de um opúsculo onde asperamente se denunciasse o venenoso artigo e solidamente se contestassem as afirmações nele produzidas, Severino viu nisso uma forma de acalmar as iras sem comprometer – por infantil precipitação – o projeto da Sociedade, e deu-lhes sem hesitar o seu inteiro apoio.

Porém, logo na primeira reunião havida em casa de Adolfo para debater a ideia se tornou manifesta a existência de duas correntes e, pior do que isso, a dificuldade de ambas coexistirem. Severino teve de recorrer a toda a sua argúcia e energia para mediar os contendores e mesmo assim não conseguiu impedir uma violenta troca de insultos entre Eusébio Galeano e Paixão Franco, arvorados em líderes das duas diferentes posições. Pretendia o primeiro que os artigos inseridos no opúsculo não fossem assinados, ou que o fossem com pseudônimos, o que o outro entendia ser falta de coragem, de seriedade e de convicção política.

Com o progredir da discussão foi ficando claro que mais do que discordantes na estratégia, os dois grupos divergiam, isso sim, nas metas pretendidas. Eusébio Galeano queria a desafronta mas não ousava afrontar. Queria uma Angola para os angolanos, mas desde que os angolanos continuassem portugueses. Queria, enfim, a mudança, mas não queria a revolução.

Muito antes de ter terminado o encontro já Severino compreendera que neste se consumara a divisão do movimento. A madrugada encontrou-o lúcido, silencioso e grave, como um comandante à proa de um navio que naufraga.

– Devia ter percebido mais cedo – murmurou quando todos os do grupo de Eusébio Galeano se haviam retirado, e entre os destroços da sala apenas Adolfo e Paixão Franco conversavam ainda –, foi um grande erro não termos tido esta conversa no início de tudo!

6

A *Voz de Angola Clamando no Deserto* começou a ser distribuída em Luanda pelos finais do mês de maio daquele ano de 1901, tendo colaborado na redação do opúsculo alguns dos mais respeitados nomes da sociedade angolense. Contudo, teve um alcance limitado e foi recebida mais com troça do que com escândalo, mais com amável condescendência do que com calorosa adesão.

Consta, é certo, que um exemplar do dito opúsculo terá chegado às mãos de Dantas Barata, enriquecido com uma dedicatória infamante e irrepetível, e que o ilustre deputado reagiu muito mal à sua leitura. Diz-se que pretendeu forçar o então governador geral da província a tomar medidas repressivas, e que por pouco não embarcou com destino a Luanda para vingar a ofensa.

Estes rumores, se não tiveram outra utilidade, serviram pelo menos para entreter os compridos serões do Café Bijou, onde, muito aumentados, fizeram rir até às lágrimas franquistas e galeanistas, que nisto de troçar do diabo toda a gente está de acordo.

Por outro lado, depressa se tornou evidente que o anonimato da obra era frágil cobertura numa cidade pequena e mexeriqueira como o velho burgo luandense. Ao fim do primeiro mês já toda a gente conhecia os 11 nomes que haviam estado por detrás da iniciativa, e muito em particular o de Eusébio Velasco Galeano. E isto veio gerar novos conflitos, com os autores do opúsculo a acusarem Severino e Paixão Franco de quebra de sigilo, pondo em risco a sua segurança e a dos seus. Não fosse a intervenção de Caninguili, correndo de um para o outro lado com os seus argumentos de pacificador, e talvez o problema se houvesse agravado para além dos limites da sensatez e da civilidade. Assim apagou-se ali, ou melhor, pareceu apagar-se. Na verdade, a sombra que se criou então não desapareceu nunca mais.

7

Entre maio de 1901 e setembro de 1904 pouco aconteceu que sirva ao bom entendimento dos incríveis sucessos que aqui me propus relatar.

A não ser, é claro, que aceitemos como certa a filosofia de Severino, segundo a qual tudo está ligado a tudo e, portanto, mesmo os mais pequenos acontecimentos têm de alguma forma influência sobre o que quer que seja que venha depois deles.

– Determinem a natureza de uma flor – afirmava ele – e terão desvendado todos os mistérios do universo.

Vavó Uála dizia o mesmo por outras palavras. De resto, não é impossível que Severino tenha bebido da boca da sua antiga ama de leite tais ensinamentos. Mesmo depois de casado e pai de muitos filhos, o mulato gostava de passar horas e horas sentado defronte da velha, à soleira da sua casita de pau a pique, conversando compridamente de miondonas e casos passados, de fábulas e de ervas, de estórias à toa e de coisas profundas.

A velhinha morreu com o fim das chuvas do ano de 1903; e Severino soube disso no próprio instante, pois que estava a dormir e viu-a em sonhos a dizer-lhe adeus. Aconteceu o mesmo com Adolfo, mas ele não conseguiu reconhecer o rosto da nga muturi (toda embrulhada nos seus panos tristes) e só quando lhe deram a notícia foi capaz de relacionar os fatos.

Nove meses depois, Judite deu à luz a única menina que haveria de ter, e Severino quis por força que se chamasse Uála, convicto como estava de que a filha herdara o diculundundu[53] da finada. Porém, no registro recusaram-se a cumprir-lhe a vontade (nome de preto não pode pôr, tem de ser nome cristão!) e Severino, raivoso

---

53 Nome que se dá a um espírito muito antigo ou, por extensão, a alguém que se acha possuído por um espírito muito antigo.

embora, acabou por ceder aos rogos de Judite e chamou a filha de Maria da Anunciação. Nome inteiramente apropriado, como depressa se haveria de ver.

No dia 25 de setembro de 1904, um décimo de todas as forças militares estacionadas em Angola deixou de existir. Nesse dia, e no espaço de apenas duas horas, desapareceram em combate 16 oficiais, 12 sargentos, 109 soldados europeus e 168 praças africanos. Quando os ecos de tal massacre chegaram a Luanda soube-se que o inferno ficava a sul e que tinha um nome: Vau do Pembe! E o império empalideceu de medo, de fúria e de vergonha.

Que um bando de selvagens tivesse sido o autor de uma tão eficaz operação militar era ferida intolerável no orgulho português. Por todo o lado só se falava de vingança: urgia ensinar aos cuamatos que se não desrespeitava impunemente a bandeira lusíada. Urgia mostrar ao mundo que Portugal estava à altura dos seus compromissos internacionais e da sagrada missão civilizadora a que se propusera.

Como magoadamente escreveria mais tarde o alferes Velloso de Castro, "nós que trabalhávamos, como sempre, em favor da civilização, levando, à força das armas, é bem verdade, mas pela força das circunstâncias, a boa doutrina ao coração dos povos que nas remotas paragens de África ainda se mantém em rebeldia e opõem tenazmente a sua ignorância e selvageria à nossa ação civilizadora, nós que trabalhávamos em favor da humanidade, acabamos de sofrer o mais desastroso revés que figura nos anais da nossa história militar colonial. Este desastre, onde tantos de nós pagaram com a vida a sua dedicação posta ao serviço da pátria, precisava de ser vingado".

E foi. Mas apenas decorridos três anos. Entrementes morria *Manaus*, velhíssimo e quase depenado; morriam Ezequiel e Saturnino de Souza.

Alice estava no jardim a semear bocas-de-lobo quando ouviu vindo de casa uma voz que gritava "abaixo a barbárie, viva a civilização", e logo reconheceu essa voz sendo a do seu falecido pai. Entrou a correr e deu com o papagaio estendido morto no chão da cozinha.

– Há mais de dez anos que não imitava o velho – disse Caninguili quando soube do sucedido –, mas na hora da morte foi dele que se lembrou!

Pedro Saturnino de Souza, esse, nos últimos anos antes de morrer já não vivia: bebia. Bebia desesperadamente. Bebia tanto que só quando deixou de beber é que deram por que havia morrido. Duas semanas após o seu enterro as autoridades exumaram o corpo (alertadas por uma carta anônima na qual se insinuava que o comerciante havia sido envenenado) e descobriram que este permanecia incorrupto, pois tinha as entranhas conservadas em álcool, como as preciosas serpentes de Severino. Mas não havia sinais de veneno. Matara-o a civilização. A mesma que matou Ezequiel, embora neste caso sob outra forma: a água canalizada.

Mal os primeiros engenheiros chegaram da metrópole e começaram a percorrer a cidade marcando no chão, com cruzes de cal, os veios a abrir para instalar a rede de tubos, o comerciante compreendeu que estava perdido. E, não querendo repetir o exemplo do primo, despediu-se da mulher e dos filhos e meteu uma bala na cabeça. A frio.

8

Foi logo depois da morte de Pedro Saturnino que Carmo Ferreira casou com Josephine. Casamento discreto, consumou-se sem a celeuma que, anos antes, a sua simples possibilidade havia levantado. A cidade tinha-se entretanto modificado muito e havia escândalos novos a rebentar todos os dias; tantos e tão interessantes que a estória de Josephine já não atraía ninguém. Por isso, quando Carmo Ferreira se decidiu a cumprir a sua antiga jura, os amigos pensaram apenas que este se estava aproveitando da distração das linguareiras. Nunca nenhum suspeitou que, na base do desfasamento entre a propagada intenção do ato e a concretização do dito, estivesse uma grande insensatez de amor.

Na verdade, a razão por que Carmo Ferreira não casou com Josephine naquele complicado ano de 1899 foi porque o não podia fazer: Josephine já era casada. Tinha casado sete anos antes com Pedro Saturnino de Souza.

Pedro Saturnino andava então louco de amor. Já não dormia e quase não comia. Devorado pela febre da paixão alimentava-se, como os veados durante o período da brama[54], de amor, de calor e de ciúmes. Assim se justifica a imprudência do seu gesto que soube, contudo, manter secreto. Josephine diria a Carmo Ferreira que ao casar o velho comerciante pretendia apenas mantê-la presa a ele; impedir que ela casasse com outro homem. Não tendo, todavia, perdido por completo o juízo, procurou um padre amigo e a troco do seu silêncio encheu-lhe a igreja

---

54 Cio.

de esmolas. Conseguiu evitar assim um drama familiar, e muitos amargos de boca. O que não conseguiu foi, como vimos, conservar a mucama.

De resto, quando descobriu que esta se preparava para o trair, já há bastante tempo lhe voltara o apetite e não se queixava de sazões. A única coisa que então o preocupava era o afundamento dos seus negócios. E embora ferido na sua honra não pensou sequer na hipótese do revólver para dignificar essa ferida. Sobressaltaram-no, sim, os rumores que davam como certo o casamento de Carmo Ferreira com a sua legítima esposa. Apavorado, compreendeu que a mucama não fora capaz de contar a Ferreira a verdade sobre o seu estado civil e, calcando aos pés o pouco orgulho que ainda lhe restava, fê-lo ele próprio. De forma que só depois de morto Pedro Saturnino pôde o lojista cumprir a sua promessa.

9

No dia 27 de agosto de 1907 o tenente César Augusto Ferreira, da 14ª companhia indígena de Angola, acordou às três e meia da manhã com a desconfortável sensação de não saber onde estava. Olhou em volta sem mover a cabeça e, ao invés de encontrar o universo familiar do seu pequeno quarto, deu com um rosto adormecido ao lado de umas pesadas botas militares, e com as paredes ondulantes de uma tenda de campanha. Durante uma escura e angustiada eternidade, permaneceu imóvel, aguardando que a noite lhe saísse pelos olhos e que a lucidez se fosse acendendo dentro dele. "Deve ser deste modo que os bichos e os loucos percebem o mundo", pensou já totalmente desperto.

As recordações dos últimos dias vinham-lhe agora à memória em nítidos clarões: via a multidão das tropas a ondular pelas encostas despidas dos morros; dois mil homens em armas contra o cuamato! Via os cavalos nervosos e o brilho do sol no ferro dos canhões: eram dois mil homens contra o cuamato! Dois mil homens para vingar o Vau do Pembe.

Lembrou-se depois do gritar dos cuamatos logo que as sombras caíram. Ouvira-os gritar até adormecer. Gritavam arengas ininteligíveis, que um dos seus soldados lhe disse serem insultos e ameaças de morte. E gritavam ainda que aquela era a sua terra e a dos seus mortos, e que por isso lutariam até ao fim, pois era por eles que estavam lutando. Estranhamente, aquilo fazia-lhe recordar as conversas do seu pai, e algumas frases ouvidas ao Paixão Franco ou a esse desesperado do Severino de Souza. Sabia que eles o desprezavam mas nunca isso o incomodara muito. Nessa madrugada, porém, atormentava-o um sentimento de irreparável solidão. Era uma coisa que fora crescendo ao longo dos anos, alimentada por toda uma série de desilusões, de amarguras e de incompreensões, e que de súbito parecia descer sobre ele com a voracidade de uma enorme ave de rapina.

Durante muito tempo acreditara que a sua opção pela carreira das armas se devera, em exclusivo, a uma grande ânsia de repetir os feitos dos seus heróis de menino. Mas intimamente reconhecia agora que fizera tal escolha convicto, sobretudo, de que a glória militar lhe traria a glória maior de ser tratado pelos portugueses de igual para igual.

Toda a vida transportara consigo o estigma da cor; por isso fora sempre mais papista que o papa: quando diante de si alguém lançava uma afirmação de desprezo pelos negros, ele sentia-se forçado a lançar outra maior. Mas de cada vez que o fazia sangrava-lhe a alma.

Mais do que em uma ocasião sentira pelas costas o riso trocista dos seus colegas brancos. Nessas alturas cerrava os punhos até os sentir sem sangue e fingia para si próprio que nada se passara. Quantos anos manteve a ilusão de que um dia o olhariam sem lhe ver a cor?

E era cada vez pior! Os oficiais vindos do reino já nem disfarçavam o seu desdém pelos naturais do país. Desembarcavam com a sobranceria de príncipes em terra conquistada e punham-se a maldizer o clima e a teorizar sobre a melhor maneira de tornar habitável o inóspito continente negro, e de lhe arrancar as riquezas sem dor nem suor.

No início mesmo daquela campanha, ainda em Moçâmedes, não pudera deixar de repreender um sargento do batalhão disciplinar de Angola, de nome Mendes, que lhe pontapeara violentamente um dos seus homens por o haver encontrado a dormir durante o turno de sentinela. E qual não fora o seu espanto quando o capitão Mário de Souza Dias o chamara à parte e, por sua vez, o repreendera a ele, acusando-o de desautorizar um europeu diante de selvagens que apenas percebiam a linguagem da violência (fora exatamente isto que dissera).

Às quatro horas, alvorada sem toque. Magombala levantou-se e saiu da tenda com a nítida consciência da sua irreparável solidão. No momento em que a coluna se pôs em marcha, ao romper da aurora, teve a certeza de que aquela era a sua última campanha. Mal regressasse a Luanda pediria a desmobilização, e iria procurar o pai para se aconselhar com ele. Não sabia que o destino lhe arranjaria as coisas de maneira muito diferente.

Haviam atravessado toda a larga chana[55] de Chafaenda, e depois uma espessa mata de espinheiras, e ainda outra chana e outra mata, quando viram surgir um grupo de cavaleiros esbaforidos e alvoroçados, gritando que a gente do cuamato estava mesmo no fundo da planície onde então se encontravam, em um sítio conhecido pelo nome de Mufilo. Rapidamente a coluna formou em quadrado, no interior do qual começaram a entrar os carros de abastecimento e o hospital. Por um dos chefes bôeres que passava em nervosa cavalgada, ficou César Augusto a saber que ainda havia muitos carros para trás, e que à esquerda da coluna progredia uma grande quantidade de guerreiros cuamatos. Impossibilitado de fechar completamente o quadrado por forma a dar entrada aos carros em atraso, o tenente optou por escalonar os seus homens sobre a esquerda, fazendo frente ao inimigo. Mal completara a operação e eis que deflagra uma fuzilaria assustadora; rolos de fumo a subirem da orla da mata. Dos cuamatos, contudo, nem a sombra de uma sombra.

Um dos pequenos pastores que seguia com o gado cai diante de César Augusto com o rosto desfeito em sangue. Por todo o lado silvam as balas e entrecruzam-se as ordens e os gritos, o mugir dos bois e o relinchar dos cavalos.

No meio deste pandemônio há um carro alentejano que parte uma roda e é necessário mandar alguns soldados para ajudarem à transferência da carga. César Augusto

---

55 Planície savânica.

avança com eles e é nessa altura que vê, alguns metros mais à frente, o sargento Mendes a discutir com um dos seus soldados, a quem esbofeteia e cospe no rosto, virando-lhe em seguida as costas. Então, e antes que o tenente pudesse fazer o que quer que fosse, o ofendido ergue a arma e grita:

– Vais morrer, branco! Olha como vais morrer! O sargento volta-se e recebe o tiro com o espanto na face. No súbito gelo que se forma, César Augusto cresce para os soldados e berra:

– Os cuamatos! Os malditos cuamatos! O nosso sargento morreu como um herói!

10

César Augusto desertou nessa mesma noite, ao saber que o sargento Mendes estava apenas ferido e, embora inconsciente, parecia livre de perigo.

Com ele desertaram cinco soldados, um dos quais natural do Humbe, e só isso explica o milagre de terem conseguido furar a linha inimiga e recuar 400 e muitos quilômetros até às altas escarpas da serra da Chela, através de uma das mais agrestes e abandonadas regiões do globo.

Foi aqui, entre o claro e o escuro das matas que cercam o sopé da Chela, que César Augusto descobriu o paraíso e o perdeu. Tinham acabado de deixar para trás semanas e semanas de um deserto atroz – de um inferno onde a carne se prende ao arame farpado das espinheiras e a pele ganha a cor vermelha da terra dos caminhos – quando subitamente se levantou diante dos seus olhos maravilhados a aprumada altura de dois enormes morros: a Chela!

Bêbados de sol e de sede e da incomensurável amplidão das paisagens do Sul, penetraram na frescura rumorejante dos bosques que cobrem as bases da serra com o mesmo respeito e fascinação de quem se adentra por um sonho alheio.

E então descobriram um ribeiro de águas cristalinas, e subiram o ribeiro e chegaram a um largo campo de laranjais dourados. E num dos cantos do campo, junto à muralha abrupta do morro mais alto, estava uma casa de um branco tão branco que cegava. E à varanda da casa três meninas loiras, tão loiras e tão belas como César Augusto nunca vira antes e nem veria depois. E foram entrando e admirando-se porque na casa só havia mulheres, e as mais velhas eram pretas retintas, e as maduras morenas, e as de 30 anos cabritas, e as donzelas eram loiras, tão loiras que dava angústia ver.

Souberam depois estarem em casa do falecido Manuel Barbosa, e que todas as mulheres, com exceção das mais velhas, eram filhas dele, sendo as cabritas também netas e as donzelas filhas e bisnetas. Deste Manuel Barbosa, ilhéu da Madeira, se contavam estórias de assombrar, e que César Augusto se lembrava de ter ouvido quando criança. E já nessa altura se dizia que da semente dele só nasciam fêmeas, e que fazia filhas às filhas, e que as mantinha cativas para que não conhecessem outros homens. Estórias verdadeiras, como se vê.

Nesta casa retemperaram as forças e pôde o ex-tenente abrir o seu coração de poeta ao coração aluado das três meninas loiras. Chamavam-se elas Leda, Dejanira e Polixena e, embora fossem todas filhas de diferentes mães, pareciam-se umas com as outras como três gotas de água: tinham os seios breves, as pernas altas, a pele quebradiça e transparente. E caminhavam como dançam as garças; e falavam como cantam os riachos. Eram de tal forma idênticas e inseparáveis que, inevitavelmente, César Augusto se acabou enamorando por todas elas.

Podia ali ter ficado toda a vida. Sucedeu contudo que, ao fim de quase três anos de tranquila felicidade, Leda lhe veio dizer que estava grávida; e depois Dejanira e depois Polixena. César Augusto ganhou então consciência de que aquela era a sua casa e que se esperava dele que a cuidasse e protegesse para legar aos filhos; e de que aquele era o seu chão e que se esperava dele que o abrisse e cultivasse para alimentar os filhos. Ganhou, enfim, consciência de que deixara de ser sozinho, e de que tudo que a partir de então fizesse o não estaria fazendo apenas para si, mas para os seus.

E decidiu partir para Luanda a fim de se reconciliar com o pai e de lhe pedir auxílio. E prometeu regressar logo depois, carregado de presentes para a família e de instrumentos para trabalhar a terra; e de gado e de sementes, que tudo lhe parecia pouco para tão grandes fins.

Só quando, por uma noite sem lua, se adentrou na capital, e caiu chorando nos braços abertos do velho Ferreira, só então soube que a sua situação era bem pior do que aquilo que alguma vez imaginara.

O caso é que o sargento Mendes acabara sucumbindo a uma série de infecções mas, antes disso, dera-o como o autor dos seus ferimentos. Motivo por que pendiam agora sobre ele as acusações de homicídio e deserção, havendo ainda quem o pretendesse julgar por traição à pátria. E assim era que tinha a cabeça a prêmio e melhor seria que ninguém em Luanda soubesse do seu regresso. Estas as palavras de Carmo Ferreira na emoção do reencontro, abraçando aquele filho que depois de tantos desgostos lhe tinha dado a alegria de uma morte gloriosa (para ele, como para toda a Sociedade, era questão pacífica que César Augusto tinha perecido às mãos dos portugueses) e regressava agora ressuscitado e pródigo.

E em seguida, seguro de o ter definitivamente do seu lado, o velho Ferreira contou-lhe da força do movimento, e de como – unidos a todos os corações angolenses! – haveriam de conquistar o direito à dignidade, à liberdade e à paz. E com tanto entusiasmo lhe disse isto, e ainda o quanto era indispensável a sua participação, que o acabou convencendo a adiar a partida de alguns meses; afinal a hora decisiva já não tardava, e poderia depois regressar à Chela levando consigo o melhor dos presentes para os filhos: um país a que livremente pudessem chamar seu!

11

Foi sensivelmente pela mesma altura que Severino, voltando de uma jornada de trabalho a Cazengo, deu encontro em Camuquembi. Era a sua segunda viagem de comboio e estava extasiado, contemplando o quadro poderoso das montanhas ao longe, o rendilhado das árvores seculares que corriam ao longo da linha, os imponentes imbondeiros que verdejantes trepadeiras quase inteiramente devoravam, quando a sua atenção foi desviada por uma voz conhecida. À porta do compartimento um negro enorme, de terno escuro e malinha de couro, cumprimentava os passageiros. Severino levantou-se de um salto e perante a estupefação do outro, estreitou-o num apertado abraço:

— Meu Deus! João Maria Pereira da Rocha! O herói mítico, o D. Sebastião dos angolenses! Por onde diabo andou você metido?

Rocha Camuquembi encolheu-se desconfiado, mas depois, vendo a franqueza de Severino, lá foi explicando que estivera no Cabo, onde conseguira algum dinheiro. Saudoso da sua terra e da sua gente, decidira por fim regressar a Luanda. Admirava-se contudo que alguém ainda se recordasse dele.

Severino riu-se:

— Esquecerem-se de você? De cada vez que se fala na Sanga é do seu nome que se fala. Você é um herói, João Maria!

E perante a incredulidade do antigo corretor de amores foi-lhe explicando a forma como em Luanda se reagira à sua fuga e posterior reaparecimento em plena tomada da Sanga. E foi-lhe contando das grandes transformações por que passara a capital, da crescente violência dos colonos contra os naturais, do aumento dos ódios, das surdas guerras em que andavam empenhados. E acabou falando da Sociedade, e da alegria que tinha por o haver encontrado, pois ele, João Maria, com todos os seus contatos e a grandeza do seu nome, era certamente figura inestimável para o bom sucesso do movimento conspirativo.

Camuquembi escutava-o aterrado e titubeante. A verdade é que saíra da prisão a contragosto, arrastado pelo Cândido Franco (um furioso anarco-sindicalista português), e com ele atravessara a Quissama até arribar à Sanga, onde lhes concederam abrigo sem grandes perguntas. Após a tomada das ilhas prosseguira a fuga para sul, sempre com o anarquista, até atingirem a Cidade do Cabo, onde, sob nome falso, Cândido Franco embarcara para Portugal.

Confrontado com o entusiasmo de Severino, Camuquembi não teve, no entanto, o necessário ânimo para revelar a verdade das suas desventuras, a sua insensibilidade política e total ausência de ideais. Foi-o ouvindo com pequenos acenos de cabeça, num mutismo que o outro pareceu tomar como concordância aos seus projetos e propostas.

De forma que, quando chegou a Luanda, Camuquembi já estava enterrado até ao pescoço na conspiração independentista e, por muito que o quisesse, ter-lhe-ia sido impossível voltar atrás. Alguns dias depois a república nascia em Portugal.

CAPÍTULO SEXTO

Capítulo onde se amarram todas as estórias e onde se encontram todos os caminhos. Capítulo de um único dia: esse infausto, tristíssimo, incrível abrupto, interminável 16 de junho de 1911.

Os portugueses combatem agora no Leste, na Lunda e nos Ganguelas Ocidentais. No Sul começa a grande seca e Mandume é eleito rei dos Kuanhamas. Mas isso são outras estórias.

Ou talvez não.

"*Teu rosto evitávamos / bem que tu sabias / Morte ó Morte acocorada vida toda connosco. / E estás coxilando / Como só vavó Uandi coxilava. / E estás falando / como Bina a ladra / conversas que tu mesma / nem ouviste. Sukuama! / Quantas vezes que nos procuraste / mãe ruim, quantas? / Quantas vezes comeste / do nosso funji / bebeste da nossa kissângua / e em troca e em troca / fingindo que dormias / nos levavas hoje um mona / amanhã um sekulo, uma prenha, quantas? / Teu coração poças que é feito / de tacula. / dentro de ti só veneno / veneno de serpente. / oh parte / parte quanto antes / Leva contigo tuas imbambas / tua uanga tua caveira sinistra / e vagueia eternamente.*"

(João Maria Vilanova, Canto Fúnebre.)

1

Às seis horas e dezoito minutos daquele abrupto e interminável 16 de junho de 1911, o cônego Nascimento entreabriu as portas da sua igreja e alongou os olhos preocupados para o topo da Rua Direita, tentando adivinhar contra a insustentável claridade do Sol que nascia o vulto transparente de Arcénio de Carpo.

Esteve assim um bocado, até que a luz se tornou insuportável. Então gritou para dentro, chamando um criadito, e mandou-o que fosse a casa do velho madeirense, pois temia que algo de muito grave lhe houvesse acontecido. Passados alguns instantes o miúdo voltou correndo, dizendo excitadamente que alguém havia degolado todos os sete belíssimos galos-da-china de Arcénio de Carpo, e que era esse o motivo por que o velho se atrasara.

– Pensei – confessaria mais tarde o pároco Nascimento – que por algum inexplicável desleixo, ou insondável capricho do Senhor, o tempo tivesse retomado caminhos perdidos.

De fato, fora exatamente assim há 35 anos atrás, da primeira vez que Severino atrasara de uma hora o embarque de Maria de Jesus. Nesse dia não haviam sido os galos mas o Sol a despertar Arcénio de Carpo. Que aparecera na igreja com uma hora de atraso em relação ao costume, maldizendo o miserável assassino que lhe degolara as aves e lhe transtornara a severa rotina. Severino confessaria, já homem feito, que havia sido ele o autor da proeza. Discutia-se, então, animadamente, a essência do tempo. E o mulato, que toda a vida praticou a arte do sofisma, divertia-se a consternar os amigo defendendo o indefensável. Para o caso o logro do tempo. E para melhor demonstrar ser este uma invenção dos homens, sem existência exteriormente a eles, contou que aos 14 anos de idade conseguira atrasar de uma hora o embarque da buxila Maria de Jesus, atrasando de uma hora a rotina de Arcénio de Carpo. E que para isso degolara primeiro todos os galos do infeliz ancião e, durante as duas semanas seguintes, o andaraz acordando com falsos cantares, criando um tempo fictício em que o velho (e com ele a cidade inteira) se havia enredado sem a menor suspeita.

– A similitude das situações encheu-me de assombro – diria ainda o pároco Nascimento –, mas por aquela época davam-se em Luanda tantos prodígios que depressa me esqueci do caso.

Não teria sido assim, claro, nada teria sido assim, se os conjurados não houvessem decidido excluir o vigário da conjura, sob a pressão de radicais que viam na Igreja a fonte de todos os males, e nos padres o próprio símbolo da dominação estrangeira.

2

Nessa manhã, ao matabicho[56], a pequena Maria da Anunciação revirou os olhos e pôs-se a recitar, muito baixo mas de forma perfeitamente audível, uma quadrazinha que todo o resto do dia havia de acompanhar Severino:

Há um olho em cada pedra
Uma pedra em cada olhar
Um pedreiro à tua espreita
Que te há de apedrejar

Maria da Anunciação não teria mais de dois anos de idade quando pela primeira vez se deu o fenômeno. Foi uma coisa tão despropositada (a criança na altura ainda mal sabia falar) que Judite se convenceu que eram artes do diabo e levou-a desesperada ao velho padre Cotovia. O sacerdote, contudo, não descobriu na menina nada de extraordinário e recusou-se a praticar nela quaisquer exorcismos, até ao dia em que esta lhe fez uma quadra na qual previu o próximo assalto à sacristia por um larápio anarquista. Dispôs-se então a esconjurar o maldito, mas Severino não o permitiu, seguro como sempre esteve que era o espírito de vavó Uála que se instalara no coração da filha.

Com o tempo as pessoas acabaram acostumando-se aos estranhos talentos da criança e passaram até a entreter-se com eles. Aquilo que Judite chamava ataques e Severino delírios mágicos podia acontecer a qualquer momento e, aparentemente, sem nenhum controle de Maria

---

56 Desjejum.

da Anunciação: de súbito a petiza revirava os olhos e punha-se a declamar o que pareciam ser charadas em verso, num tom baixo e monocórdico, e com uma voz que não era a sua. Estas manifestações persistiram até à adolescência e depois desapareceram para nunca mais voltarem. A partir de um certo momento criou-se um jogo, cada qual a tentar decifrar as premonições antes de estas perderem o seu sentido oculto ao se tornarem realidade.

O primeiro desses "delírios mágicos" aconteceu num domingo de chuva, estava a pequena entretida a perseguir formigas no chão da cozinha. De repente parou e a quadra saiu-lhe dos lábios como se há muito tempo a andasse a estudar:

> *O ouro que tu perdeste*
> *Dentro de copas está*
> *Coitado do Rei de Paus*
> *A espada o matou já*

Parecia uma brincadeira sem pés nem cabeça e ninguém repararia nela, não fosse o caso de vir de uma criança que ainda mal conseguia articular as palavras mais elementares. E logo nessa mesma tarde Judite encontrou no coração de um galo um anel de ouro que dias antes havia desaparecido: o galo, claro, chamava-se *Rei de Paus*, nome que os miúdos lhe haviam posto em razão da sua curiosa crista negra.

Nesse dia, 16 de junho de 1911, Maria da Anunciação repetiu a quadra uma segunda vez, coisa que antes nunca tinha feito, e nem voltaria a fazer:

Há um olho em cada pedra
Uma pedra em cada olhar
Um pedreiro à tua espreita
Que te há de apedrejar

Judite julgou adivinhar que o anúncio se referia a um dos dois miúdos menores, os quais passavam o tempo a jogar à pedrada com os outros candengues do bairro, e proibiu-os de sair para além dos muros do quintal durante toda uma semana.

Mas Severino achou a proibição inútil, pois já há muito tempo tinha descoberto que os presságios se cumpriam sempre, e jamais da forma que as pessoas suspeitavam:

– Um presságio é uma recordação do futuro – costumava dizer –, contrariar um presságio seria modificar o futuro; e portanto o presente e portanto o passado. E se isso fosse possível não haveria memória e nem haveria presságios.

3

De entre toda a gente envolvida no movimento conspirativo Severino só tinha verdadeira confiança em Adolfo e em Carmo Ferreira, para além do velho, claro está. Adolfo era seu irmão de leite, haviam crescido e brincado juntos, conhecia-lhe os defeitos e as virtudes, sabia exatamente até aonde ele era capaz de ir. De Carmo Ferreira tornara-se inseparável depois que lhe roubara Judite. O comerciante ultrapassara bem o trauma, e agora até se ria disso e do sujo truque de que se servira o mulato, declarando estar a moça grávida de um filho seu. Hipólito José, que nascera 12 meses depois do caso, ganharia à conta disso injusta fama de lobisomem, e um tal pavor à lua cheia que só depois de os americanos haverem dessacralizado o espaço foi ele capaz de a olhar; mas até ao fim da vida sofreu a troça da família e dos amigos, que por tudo e por nada invocavam o prodígio da sua longa gestação.

De quase todos os outros conjurados tinha Severino dúvidas quanto à capacidade, integridade ou clareza de propósitos. Sabia que nem todos queriam a independência pelos mesmos motivos que ele, e que alguns a queriam por razões inconfessáveis. Mas acreditava que depois do golpe seria possível separar o trigo do joio e que, por outro lado, a magnitude da situação engrandeceria as capacidades individuais:

– A força das circunstâncias é capaz de transformar anões em gigantes – disse um dia a Carmo Ferreira –, dentro de cada homem há um leão que dorme!

Em particular havia o caso de Camuquembi. O chulo era uma invenção e Severino sabia-o melhor do que ninguém: fora ele que o inventara, convicto de que era necessário apresentar heróis ao povo. Mas, depois disso, quando lhe dera encontro no comboio, arranjara maneira de o amarrar ao seu próprio mito, e agora Camuquembi estava se portando como um verdadeiro herói.

O golpe havia sido marcado para aquela data porque depois do desencanto da república ninguém estava disposto a esperar muito mais.

– Em seis meses de república quem ainda tinha ilusões já as perdeu – dissera Paixão Franco na agitada reunião do dia anterior –, agora quanto mais tempo esperarmos mais difícil será. Ou nos erguemos todos hoje, ou nos ajoelhamos todos amanhã!

4

Quando às 12 horas e 30 minutos o velho Arcénio de Carpo atravessou o Largo da Alfândega e entrou na tasca do Martins, para ocupar a sua cadeira de sempre, Narciso Galeano levantou-se de um salto e saiu a correr em direção ao Cemitério do Alto das Cruzes. Estava absolutamente convencido de que eram então 11 horas e 30 minutos.

A estratégia montada por Severino tinha a simplicidade de um jogo de crianças: pelas 11 horas e 30 minutos Narciso Galeano, Zeca Alves e Botelho de Vasconcellos deveriam reunir um grupo de 300 a 350 jovens caluandas e levá-los por diferentes caminhos até à Ponta da Mãe Isabel. Rocha Camuquembi e César Augusto estariam aí à sua espera, procedendo-se de imediato à distribuição do armamento e à formação das unidades que sob o comando dos dois homens e de um jovem sargento iriam tomar de assalto a Fortaleza de São Miguel e o quartel da polícia. Pela mesma hora, ou seja, cerca das duas da tarde, outro corpo de revolucionários, chefiado por Severino de Souza, Carmo Ferreira, Pedro Paixão Franco e Adolfo Vieira Dias, ocuparia de surpresa os Paços do Conselho, de onde proclamaria ao mundo atônito a novidade da emancipação de Angola. Contava-se com a adesão de todas as companhias indígenas e de numerosos chefes tribais, do Norte ao Sul do país.

Severino temia sobretudo a reação dos grandes proprietários portugueses, alguns dos quais possuíam verdadeiros exércitos privados. Contudo, esses sertanejos representavam uma ameaça remota, pois estavam a muitas centenas de quilômetros da capital e decorreriam várias semanas antes que soubessem do acontecido. Até lá, seria possível tomar medidas preventivas e mesmo, se necessário, requerer o apoio de nações amigas. Confiava-se, por outro lado, que a maioria dos colonos acabaria defendendo o levantamento, dadas as evidentes vantagens econômicas que para todos adviriam da autonomia política da província.

Narciso Galeano só reconheceu o erro horário em que o fizera incorrer Arcénio de Carpo quando, no Cemitério do Alto das Cruzes, Zeca Alves lhe fez consultar, um por um, os 23 relógios de bolso recolhidos entre os 50 e tantos moços que desde as primeiras horas da manhã ali se haviam concentrado. Alves estava fora de si, não tanto devido ao atraso do outro, mas sobretudo por não haverem comparecido ao encontro mais de metade dos jovens com que inicialmente se contava.

E nem quis saber da proposta de Galeano, o qual sugeria um adiamento de mais 15 minutos, pois lhe parecia provável que muitos dos revoltosos houvessem incorrido no mesmo erro que ele próprio. Mandou portanto um estafeta a prevenir os outros dois grupos: ocultos em zonas periféricas da cidade, para que o mais rapidamente possível se pusessem a caminho da Ponta da Mãe Isabel.

Desgraçadamente, mal tinham ainda percorrido metade do caminho quando viram romper do mato um criado de Carmo Ferreira, trazendo alvoroçado e exangue uma notícia impossível: um grupo de soldados sob o comando de um civil abatera a tiro César Augusto, Rocha Camuquembi e mais três ou quatro homens que com eles se encontravam.

5

Naquele tristíssimo dia 16 de junho de 1911, Jacinto do Carmo Ferreira acordou a pensar no quinzári e durante todo o dia essa recordação o perseguiu persistente e desconfortável como uma dor de cabeça, mesmo quando às 12h20 lhe vieram dizer que Pedro da Paixão Franco dera entrada no hospital com sintomas de envenenamento e, 40 e poucos minutos depois, que César Augusto fora assassinado na Ponta da Mãe Isabel.
– Tantos assuntos em que pensar – diria depois perplexo a Jerónimo Caninguili –, e a única coisa que me vinha à memória era o diabo desse quinzári...
O caso dera-se há muitos anos atrás, pouco depois da sua chegada a Luanda, vindo de um Sul desgastado até ao osso das montanhas por um repetido cortejo de guerras e de fomes. Nessa altura a cidade pouco mais era que um escasso coração de velhos palácios de pedra, cercado por uma rede de cubatas e de pântanos secos. Tinha acabado de montar um comércio para os lados do que seria depois o Sambizanga, quando alguém lhe

fez notar as estranhas pegadas que todas as manhãs apareciam desenhando círculos fechados em redor da sua casa. Eram pegadas enormes, enormíssimas, quase com 70 centímetros de comprimento cada uma; tão grandes que só o pé de um gigante, ou de um quinzári, as poderia ter imprimido na areia macia. E era, com efeito, de um quinzári. Carmo Ferreira abateu-o numa noite de lua cheia, perante o incomensurável horror dos seus criados quimbundus e o sossegado desdém de uma velha mamuila que o acompanhara desde os tempos de criança e havia de morrer em Luanda sem jamais ter proferido uma única palavra noutra língua que não fosse a sua.

Nessa manhã acordou com uma recordação tão nítida daqueles fantásticos sucessos que não pôde deixar de os comentar com César Augusto. O filho já conhecia a estória e retorquiu que possivelmente o que ele matara naquela célebre noite não fora outra coisa senão algum desgraçado com elefantíase. Carmo Ferreira zangou-se: sabia muito bem distinguir entre um quinzári e um homem com elefantíase! De resto, o monstro consumira-se numa poeira doirada mal os primeiros raios de Sol lhe tocaram a pele, sinal inequívoco de que não era um homem e nem um bicho comum: os homens e os bichos apodrecem devagar! Mas César Augusto não acreditava em monstros: nem em quinzáris, nem em maquixis e nem em quiandas. E nem tampouco em práticas mágicas, adivinhações ou quimbandices.

Tamanha manifestação de desrespeito pelos mistérios da vida acabou por exasperar Carmo Ferreira, que saiu de casa sem se despedir do filho.

– Nunca me perdoarei – diria na mesma altura a Caninguili –, fui me zangar com ele logo naquele dia, em que tudo podia acontecer!

6

O envelope tinha o selo da casa comercial de Maria de Jesus Madeira e um insinuante aroma a cacau fresco. Dentro, um simples cartão convidava Paixão Franco a comparecer nessa manhã nos escritórios da viúva para, dizia, tratar de um assunto do seu direto interesse.

Paixão Franco virou e revirou o cartão, intrigado. Por fim guardou-o numa gaveta decidido a não pensar mais no assunto. Estava naquele mesmo momento a ensaiar o discurso que deveria dirigir ao povo de Luanda do alto das varandas do Governo Civil:

– Angolenses – declamava elevando aos céus os braços curtos –, nesta hora memorável em que, respondendo ao desesperado apelo da pátria agrilhoada, um punhado de heróis, de homens íntegros...

Nessa altura um criado interrompeu-o, trazendo na mão outra carta de Maria de Jesus. O jornalista abriu-a: dentro um novo cartão reiterava o convite anterior, mas desta vez descendo ao pormenor de explicar que se tratava de um assunto ligado ao envio dos volumes de *A História de Uma Traição*. E num ansioso *post scriptum* Maria de Jesus prevenia que o estava aguardando às dez horas exatas, e que era um caso de vida ou de morte.

Paixão Franco franziu o sobrolho e, agarrando na bengala e na cartola, preparou-se para sair. Não compreendia que relação pudesse haver entre Maria de Jesus e o envio dos volumes da sua *História de Uma Traição*. Maria de Jesus era uma conhecida proprietária e exportadora; dela se sabia ainda que fora amante de Severino de Souza e que por detrás da sua figura discreta e até tímida se escondia uma fera capaz de violências e crueldades. Além disso era ainda, e apesar da idade, uma belíssima mulher.

Quanto à *História de Uma Traição*, escrevera-a seis meses antes, queimado pelo fogo da revolta e do despeito, e pretendendo assim denunciar a hipocrisia do grupo de Velasco Galeano, e toda uma série de situações que considerava escandalosas. Os originais do livro havia-os mandado imprimir numa tipografia do Porto, que lhe remetera já, por mão amiga, alguns exemplares da obra, juntamente com a informação de que os restantes tinham sido despachados por vapor.

No escritório da exportadora o jornalista voltou a surpreender-se, agora devido ao calor da recepção. Maria de Jesus recebeu-o com exagerados sorrisos e salamaleques e, pondo fim ao que parecia ser uma reunião de negócios com dois cavalheiros que Paixão Franco apenas conhecia de vista, pediu que passasse a uma salinha contígua onde, logo depois, se juntou a ele. Sempre rindo e sorrindo muito fê-lo beber uma taça de café, e depois outra ainda, enquanto discorria sobre frivolidades, numa torrente de palavras que ao jornalista parecia indelicado interromper.

Mas por fim Paixão Franco não aguentou mais e, aproveitando uma pausa de Maria de Jesus, rogou-lhe que o pusesse a par das razões por que marcara aquela entrevista.

A esplêndida mulher voltou para ele os olhos limpos, surpreendida: não, ela não lhe marcara qualquer entrevista.

Confuso e excitado, Paixão Franco falou-lhe dos cartões e, sentindo-se vítima de uma qualquer brincadeira desonesta, pediu licença para ir procurar na sua residência as provas do que afirmava.

Saiu para a claridade da rua com a intolerável impressão de que a terra tremia. Ao entrar em casa já tinha a língua completamente azul e pouco depois deixou de ver e começou a delirar. Estava morto quando deu entrada no hospital.

7

Quando uma das sentinelas chegou correndo com a notícia de que vinha sobre eles um grupo de cavaleiros, César Augusto pensou tratar-se de reforços mandados pelo sargento Teixeira.

Depois viu o branco que comandava as tropas e percebeu que estavam perdidos: era José Manuel da Silva, o Silva Facadas.

A última vez que encontrara aquele homem fora quando da tomada da Sanga. Ele aparecera em companhia do Antunes e de outro sertanejo, à frente de seis centenas de negros bem armados, num apoio que se tornara decisivo para a vitória de Padrel. No rescaldo dos combates os seus superiores tinham-nos proibido de comentar a participação dos dois homens nas operações, pois sobre eles pendiam ainda mandados de captura. César Augusto cumpriu essa ordem, mas ficou-lhe a recordação da fúria demente dos condenados que, na própria noite da vitória, se lançaram ao massacre das centenas de prisioneiros, numa espiral de violência que ninguém se mostrou capaz de controlar. No dia seguinte, os grandes imbondeiros amanheceram cobertos de forcas, como se uma espessa selva de lianas se houvesse desprendido da Lua e caído sobre a Terra. Durante muitas semanas César Augusto foi incapaz de pregar olho, pois, de cada vez que o tentava, a sua cabeça enchia-se de murmúrios das lianas, e via o rosto dos enforcados, um por um, com os imensos olhos abertos, a lhe devolverem intacta e acusadora toda a angústia do seu fim.

Os soldados abriram fogo sem sequer haverem lançado voz de prisão. César Augusto sentiu as balas zumbirem como abelhas raivosas e rolou sobre si mesmo, tentando alcançar a entrada da gruta onde Rocha Camuquembi se abrigara já.

Estava desarmado e via os cavaleiros a crescer sobre ele com o fragor de um vendaval. Então ergueu-se, e de corpo descoberto lançou-se contra a morte:

– Leda! – gritou. – Dejanira! – voltou a gritar. – Polixena! – gritou ainda.

Os soldados que o mataram haviam depois de contar aos filhos dos seus filhos que o mulato tinha no bolso do casaco três trancinhas loiras. De um loiro tão loiro que dava angústia ver.

8

Severino de Souza soube da morte de Paixão Franco enquanto se dirigia para casa de Vieira Dias, onde este o esperava muito alarmado e em acesa polêmica com Carmo Ferreira.

A notícia acolheu Severino com a força de um soco:

– Não pode ser! – repetiu por várias vezes arranhando a pera. – Uma coisa dessas não pode acontecer!

Mais calmo, concordou com Carmo Ferreira que já não era possível voltar atrás, a única saída estava em seguir para diante. Vieira Dias tinha reunido em sua casa cerca de 100 homens em armas e mandara outros 50 a reforçar o grupo de voluntários da Ponta da Mãe Isabel.

– É pouca gente – reconheceu Severino para o aterrado Vieira Dias –, mas já vi fazerem-se revoluções com muito menos meios e, sobretudo, muito menos fundamentos.

Não tinha acabado de dizer isto quando chegou a segunda notícia: César Augusto e Rocha Camuquembi haviam sido mortos no recontro com uma companhia do exército e civis armados. Dizia-se que o comandante das operações fora o Silva Facadas!

Tiveram que amarrar Carmo Ferreira, que saltava e rugia como um leão ferido. Diante da consternação geral, Vieira Dias mandou dispersar os homens.

– Fomos traídos – dizia Severino, com a cara enterrada nas mãos, e a cor cinzenta de um cadáver antigo. – Mas ai do filho da puta se eu descubro quem foi!

E depois, subitamente, para o atordoado Adolfo:

– Um pedreiro! Conheces algum pedreiro?

Adolfo conhecia muitos.

– Mas para que queres tu um pedreiro? Estamos nós nesta tragédia e tu a pensares em pedreiros. De pedreiros está Angola cheia: pedreiros livres, kuribekas!

Severino assobiou:

– Tuji! A Kuribeka! Foi de certeza a Kuribeka! Sim, uma operação daquelas só podia ter vingado com o apoio da Kuribeka. E, de resto, quem controlava *A Defesa de*

Angola, essa espécie de bandeira dos colonialistas portugueses? Quem desde o princípio do século vinha fomentando o ódio contra os angolenses, num crescendo de força e ousadia? É verdade que ele próprio, Severino de Souza, apenas se dera conta da importância da Kuribeka depois da revolução de outubro. Antes disso e até muito tarde, simpatizara mesmo com os ideais maçons. Em sua casa era com respeito e com sigilo que se falava do assunto; murmurava-se até que o velho Péricles de Sousa fora um dos fundadores da primeira loja maçônica que, por volta de 1870, surgira em Luanda.

Mais: não se tinham eles inspirado na maçonaria para construir a Sociedade?

Estranha ironia caso se confirmasse ter a Kuribeka alguma coisa a ver com aquele triunfante golpe de mão. Por outro lado, isso não eliminava a existência de um traidor. O levantamento fora preparado com extrema minúcia e, até à meia-noite do dia 10, apenas 13 pessoas conheciam a data exata em que ele se deveria dar. Além de si próprio, haviam estado naquela dramática reunião o tenente César Augusto, o Rocha Camuquembi, o sargento Teixeira, o Adolfo, o Paixão Franco, o Zeca Alves, o Narciso Galeano, o Botelho de Vasconcellos, o Lima da Alfândega, o Carmo Ferreira e o Santos Van Dunem.

Um deles era o traidor!

9

Há um olho em cada pedra
Uma pedra em cada olhar

Um pedreiro à tua espreita
Que te quer apedrejar

– O próximo sou eu – disse Severino a Vieira Dias –, tenho a certeza de que o próximo sou eu!

Eram cerca das cinco da tarde e tinham acabado de sair do hospital, onde haviam ido por insistência de Severino, o qual pretendia recolher pormenores da morte de Paixão Franco. Recebera-os um médico ainda jovem, simpático e conversador. Chegara às duas horas para cumprir o seu turno e não tinha conhecimento da entrada no hospital de nenhum paciente com o nome de Paixão Franco. Pediu no entanto aos dois amigos que esperassem um pouco e voltou logo depois com um ar compungido:

– De fato – disse – essa pessoa deu entrada no hospital cerca das onze e meia da manhã. Mas já aqui chegou sem vida.

Severino chamou-o à parte; perguntou-lhe se sempre se confirmavam as suspeitas de envenenamento. O médico estranhou a pergunta:

– Envenenamento? Mas de forma nenhuma! O vosso amigo foi vítima de uma bronco pneumonia.

10

Há um olho em cada pedra
Uma pedra em cada olhar
Um pedreiro à tua espreita
Que te quer apedrejar

– O próximo sou eu – insistia Severino para Vieira Dias –, tenho a certeza que o próximo sou eu.

Estava fascinado com a precisão do contragolpe. Quem quer que estivesse por detrás dele sabia muito bem o que estava a fazer. E tinha domínio sobre muita gente e um perfeito conhecimento do terreno em que se movia:

– Mesmo que eles tenham sabido dos nossos planos à meia-noite, levaram menos de dez horas para montar toda esta armadilha...

Numa grande agitação arrastou Vieira Dias até a casa de Paixão Franco e, pouco depois, estava a par das cartas de Maria de Jesus e das estranhas referências à *História de Uma Traição*.

– Eles estão a fazer as coisas por forma que ninguém perceba que se tratou de uma revolta – disse a Vieira Dias. – Mas não o vão conseguir. Agora, há pelo menos um pessoa que já não me escapa.

11

Há um olho em cada pedra
Uma pedra em cada olhar
Um pedreiro à tua espreita
Que te vai apedrejar

Adolfo Vieira Dias tentou deter o amigo:
– Enlouqueceste? Afinal o que é que tudo isto quer dizer?
– O próximo sou eu – voltou a insistir Severino. Só que antes disso vou matar esse homem. Repara: é óbvio

que a Maria de Jesus tem a ver com o envenenamento do Paixão Franco, e que a referência a *História de Uma Traição* foi apenas uma isca para o atrair ao escritório dessa víbora. Mas diz-me: qual é a única pessoa que podia saber do desembarque do livro?

Depois gritou a Vieira Dias que fosse buscar armas e criados. Ele ia fazer o mesmo.

Quando chegou a casa, Judite mostrou-lhe uma caixa de vime que um rapazito viera entregar minutos antes. A caixa tinha o seu nome impresso em letras garrafais. Severino abriu-a e deu um salto para trás; mas a serpente foi mais rápida do que ele: no instante seguinte deixara de viver.

12

"Em confronto com forças policiais foram ontem abatidos a tiro, na zona da Ponta da Mãe Isabel, dois conhecidos meliantes naturais desta cidade. Foram eles César Augusto do Carmo Ferreira, procurado por deserção e homicídio, e João Maria Gonçalves da Rocha, por alcunha Rocha Camuquembi, desordeiro e proxeneta. Quando a polícia os surpreendeu tinham em seu poder grande número de armas e munições que, possivelmente, pretendiam revender ao gentio rebelde. Parabéns às forças da lei, as quais, mais uma vez, se mostraram à altura da espinhosa missão que lhes cabe. Bem Hajam!"

Foi com esta brevíssima notícia que o diário *O Progresso de Angola* adormeceu as conversas sobre o golpe de 16 de julho. Caninguili leu-a desesperado e triste:

— Até a dignidade da morte lhes roubaram — murmurou para Alice —, e tudo por culpa minha...

Repetiria isso mesmo uma semana depois, quando Adolfo e Carmo Ferreira o foram visitar para que lhes dissesse o que haviam de fazer.

— Foi Caninguili — confidenciara-lhes Severino poucas horas antes que se cumprisse o presságio de Maria da Anunciação — quem desde o primeiro dia planeou e construiu tudo. Foi ele que verdadeiramente edificou a Sociedade e só ele poderá ainda salvar o que nos resta. Depois da minha morte, que há de acontecer ainda hoje, aconselhem-se com ele sobre os caminhos a seguir.

Mas Caninguili não lhes quis apontar caminhos:
— Outro dia — disse —, outro dia haveremos de falar.

Naquela semana havia envelhecido anos. E só então Adolfo reparou que tinha os cabelos todos brancos e lhe tremiam as mãos e que a sua voz era insegura e quebradiça. Alice, por seu lado, parecia cada vez mais alheada das coisas deste mundo. Mas quando ambos se levantaram para os acompanharem à porta, a frágil senhora passou o braço pela cintura do marido e havia nesse gesto tanta ternura e tanta autoridade que Adolfo compreendeu que tudo podia ainda ser recomeçado. Porque o barbeiro tinha a sustentá-lo a maior força do mundo.

Lisboa, 22 de janeiro de 1988.

Este livro foi diagramado com a fonte Adobe Caslon Pro e impresso pela **Gráfica Vida e Consciência**, em papel offset 90g, no terceiro trimestre de 2009.